ラルーナ文庫

JN105165

孤独な神竜は
黒の癒し手を番に迎える

寺崎 昴

三交社

CONTENTS

Illustration

ヤスヒロ

孤独な神竜は
黒の癒し手を番に迎える

本作品はフィクションです。
実際の人物・団体・事件などにはいっさい関係ありません。

Prologue

「いいかい、バラウル。おまえの役目は、ここアレスを豊かにすることにある。それは神から与えられた使命でもあり、我々の生きる意義でもある。それを逸したとき、おまえはその身を邪悪に落とすことになるだろう。努々《ゆめゆめ》、忘れることのないように」

だんだんと弱っていく声に、バラウルは静かに頷《うなず》く。

「心得ている」

彼らの身体《からだ》は金色の鱗《うろこ》に覆われており、尾は長く、その背には巨大な翼が生えていた。瞳《ひとみ》はルビーのごとく赤く輝き、鰐《わに》のような顎門《あぎと》からは鋭利な牙《きば》が覗《のぞ》いている。

――霊脈イオナドの神竜。

人間たちから、彼らはそう呼ばれている。

「もし身体に異変があるときは、必ず番《つがい》を見つけなさい。きっとその番はおまえを癒《いや》し、さらなる力をおまえに与えるはずだ。そして何より、……おまえは愛を知りなさい」

「愛？」

長い首を傾《かし》げたバラウルに、臥《ふ》せった竜――ファヴニルはゆっくりと、だが力強く答える。

「そうだ。それがあればこの地も今よりさらに豊かになるだろう。そして……」

息を吸ったかと思うと、ファヴニルの口元が、ふっと緩んだ。これが最期の言葉になるだろうと察し、バラウルは聞き洩《も》らさないよう、耳を欹《そばだ》てた。

「――おまえもきっと幸せな生をまっとうできる」

掠《かす》れる声でそう言い終えたあと、ファヴニルの大きな黄金の身体は、一度大きく震えて、くったりと動かなくなった。

やがて、光の粒がファヴニルを覆い、すうっと山の空気に溶けていくように、彼の身体ごと霧散した。

「……ファヴニル」

小さくつぶやいた名前に、もう二度と返事はない。

＊＊＊

「おまえももうすぐ十八になるな」

しわがれた声で、目のまえの老人が言った。しかし決して目が合うことはなく、視線はクロウの右斜め下に注がれている。

「はい。水の月で、やっと十八です」

村の人間は、普段クロウをいないものとして扱っている。目が合うと呪《のろ》われると忌み嫌う者までいて、だからだれかと話すのは、一年前に母親が亡くなって以来だ。

彼はこのガルズ村の長《おさ》で、名をヴィシといった。長らしく、村に伝わる赤と金色の刺繍《ししゅう》が施された絹の伝統衣装を着ており、首や腕にはジャラジャラと宝石が埋め込まれた装飾品を着けている。だが決して派手な印象はなく、彼の周りには静かな威厳が満ちていた。

一方のクロウは、未晒《みざら》し綿の長丈の簡素な上衣と、チルと呼ばれる股下《またした》のゆったりとした黒色の下衣を着ている。これが一般的な村の服の形だが、普通はこれに各々の家庭で引き継がれる刺繍がある。刺繍も何もないクロウの服はとりわけ地味だ。

男であるクロウはやらなくていいからと、刺繍のやり方は教わっていない。この家の刺緑は、両親の代で途絶えてしまった。

「頭痛や倦怠感《けんたいかん》はあるか？」

ヴィシが訊《き》いた。頭痛のことは母親にしか話していなかったが、どうしてヴィシが知っているのだろう。母親がだれかに話したのだろうか。

「頭痛は、あります」

疑問に思いながらも、クロウは素直に頷いた。するとヴィシは、重そうに垂れ下がったまぶたを持ち上げ、ぎょろりと青色の目でクロウを見た。

久しぶりに、人間と目が合う。それに怯《ひる》んでクロウが俯《うつむ》くと、そのつむじにヴィシの声が降ってくる。

「……呪われたおまえがようやくこの村の役に立つときが来たようだ」

「え……？」

どういう意味だ。顔を上げたクロウをじっと見つめ、ヴィシが小枝のような指を差して、言う。

「喜べ、クロウ。おまえはイオナドの神竜様の生贄《いけにえ》としてたった今選ばれた」

「いけ、にえ……？」

その言葉の意味を理解できず瞬《まばた》きを繰り返すクロウを置いて、ヴィシはつらつらと話を進める。

クロウたちの住むこのアレス地方には、魔力が溢《あふ》れ出す霊脈がある。それがアレスの中心にあるイオナド山の頂《いただき》だ。特に、山々に隔絶された北の麓《ふもと》にあるガルズ村には山頂から溢れた魔力が流れ込みやすく、その恩恵を受け、村に生まれた人間は成長とともに魔法が使えるようになる。そしてそんな神秘の地には、古《いにしえ》より脈々と受け継がれる伝承があった。

霊脈イオナドの神竜についての話だ。

イオナド山には、昔から守り神の竜がいる。その黄金色の神竜は、空を操り雨を降らせ、土地を豊かにし、人々に恵みをもたらす。だが数百年に一度、突然怒り狂い、大水を降らせ土地をめちゃくちゃにするという。そこでガルズ村の人々は神竜の怒りを収めるために山頂に生贄を捧げた。その結果、神竜は正気に戻り、アレスには再び豊かさがもたらされた。

……ここまでは、この村に住む者ならだれでも知っている話だ。小さい頃、親の言うことを聞かない子どもはよく「神竜様に食べさせるぞ」と脅されたものだ。かく言うクロウも、勝手に家から出ようとしては、父によくそう言われて叱《しか》られた。

そして最近、山の天気が乱れており、人々が皆口をそろえて「神竜様がお怒りだ」と言っているのも、知っている。

つまりそれを収めるための生贄に、クロウが選ばれたというわけか。

「神竜様は、本当にいらっしゃるのですか？」

クロウが訊くと、ヴィシは深く頷いた。

「実在する。わしはこの目で見たことがある。大岩ほどの大きさで、金色の鱗の竜だ。その目は紅玉のごとく赤く、まさに神のようだった」

その姿を思い出しているのか、ヴィシの身体がぶるりと震えた。

そして、この伝承は、代々村の長にしか教えられていない、とある秘密があるという。

ヴィシは「決して口外してはならぬ」と前置きして、クロウに告げた。

「神竜様のお怒りを鎮めるための生贄には、条件があるのだ」

「条件……？」

首を傾げたクロウに、ヴィシは言う。

「十八の歳《とし》になる頃まで純潔であること、そしてもうひとつは、身体が大人になるのに合わせて、頭痛や倦怠感などの不調が現れる者だ」

「あ……」

だから先程、頭痛があるかと訊いたのか。

「水の月の末、おまえはアレスの中心地、イオナド山の頂に捧げられる。それまでの時間、悔いのないよう生きよ」

それではクロウに死ねと言っているようなものだ。だが、従わなくてはならないことも、クロウは重々承知していた。クロウを庇《かば》ってくれる人間は、この村にはもういない。

「……はい。御心のままに」

クロウは頭を下げると、目のまえが真っ暗になっていくのを感じながら、静かに唇を嚙《か》みしめた。


呪われた子。

それはクロウが生まれてすぐに、大人たちからつけられた呼び名だった。

ガルズ村に住む人々の多くは、美しい銀色の髪に青い瞳をしている。クロウの両親も例に漏れず、銀髪に青い瞳だった。そして三歳頃から、霊脈の魔力を得て、生活に必要な火や水、風の魔法をだれもが使えるようになる。

だが、そんなふたりの血を受け継いだはずなのに、クロウは真っ黒な髪に、それと同じ夜空のような黒い瞳を持って生まれてきた。

凶兆だ、とだれもが口をそろえて言った。

しかも三歳を過ぎても、クロウは魔法を使えなかった。

母は不貞を疑われ、はじめは母を庇っていた父はやがて酒に溺《おぼ》れた。物心ついたときにはクロウはほとんど家から出ない生活を強いられていて、窓から眺める世界がすべてだった。

やっと魔法が使えるようになったのは、六歳を過ぎてからだ。しかし、皆が使える魔法は一切使えず、クロウにできたのは、ちょっとした怪我《けが》を治す、治癒の魔法だけだった。

父が仕事中の崩落事故で亡くなったあとしばらくして、ようやく母はクロウが村を歩き回るのを許してくれた。

しかし、クロウが外に出て人に話しかけようとしても、だれもが目を逸《そ》らし、クロウをいないものとして扱った。それがなぜなのか、理解するのにそう時間はかからなかった。

同じ年頃の子どもたちが、クロウに向かって石を投げながら、「呪われた黒髪の出来損ないだ」と教えてくれたからだ。

「僕は呪われてるの？　出来損ないなの……？　どうして？」

泣きながら家に帰り、母に訊くと、「呪われても出来損ないでもないわ」と母はクロウを抱きしめて言った。

「呪われた子が、傷を癒す魔法を使えるはずがないもの」

世界で母だけが、クロウの味方だった。そして厳しかった父も、クロウを村の皆から守ろうと必死だったことに、そのとき初めて気がついた。酒に酔っても、父は決して暴力は振るわなかったし、クロウから目を逸らしたりもせず、怒りつつも魔法を教えようとしてくれていた。ちゃんと愛されていたのだ。

そして母は、長年の無理がたたってか、去年突然倒れたかと思うと、クロウを残してあっさり死んでしまった。いくら治癒魔法があっても、死人を生き返らせることはできず、クロウは自分の無力さを呪った。

基本的な魔法が使えないクロウのそれからの生活は、過酷だった。生活の基盤が魔法で賄われているこの村には魔法以外の動力のついた設備もなく、火を熾《おこ》すには火打石が必要で、水も崖下《がけした》の川から汲《く》んでこなければならなかった。さらには母の遺してくれた蓄えも徐々に減っていき、食べていくには働かなければならないのに、だれも雇ってはくれず、この一年、自給自足の生活が続いていた。

おまけに二年ほどまえから原因不明の頭痛に襲われていて、慣れたとはいえ常に体調は最悪だった。

この先もこの調子でずっとひとりで生きていかなければならない。

それを思うと、クロウは絶望に打ちひしがれた。今日までなんとか生きてこられたのは、ひとえに両親の墓守をしなければという責任感からだった。

だから、今日ヴィシに生贄にすると言われたとき、クロウは少し安堵《あんど》した。

この虚無な生活から、ようやく解放される、と。

「……もう、僕のことを心配してくれる人はいない。だったら、もういいじゃないか」

しかし同時に、哀しくもあった。

――いつかあなたを愛してくれる人がきっと現れるわ。

母はいつもそう言って、クロウを抱きしめてくれていた。クロウもいつかそんな人が現れてくれるかもしれないと、希望を抱いていた。

だが、それももはや夢と消えた。

あとほんのひと月足らずで、クロウは死ぬ。荒れ狂うイオナド山の頂で、たったひとり朽ち果てる運命なのだ。

ヴィシは悔いのないように生きろと言ったが、クロウの人生はすでに悔いだらけだ。今さらどうやって悔いを晴らすことができるというのか。

「せめてこの癒しの力が役に立っていたら、少しは村のみんなにも認めてもらえていただろうか」

考えようとして、クロウはやめた。傷を癒せたとしても、きっと呪われた子に治癒をしてもらうのを皆が嫌がるだろう。

長くなっていた黒い髪を鋏《はさみ》でジャキジャキと切りながら、クロウは鏡に映る自分を睨《にら》む。

――いっそ生まれてこなければ。

両親を殺したのは自分だ。父も母も、自分がいなければ長生きできただろうに。

「こんなふうに死ぬのなら、おまえなんてはじめから生まれなければよかったんだ」

しかし、目元は父に、鼻や口元は母に似た自分の顔を憎めるはずもなく、ふたりの面影に、クロウはただただ涙した。

「それでは、行ってまいります」

今まで関《かか》わりのなかった大人たちに取り囲まれるように山の中腹まで連れていかれたクロウは、丁寧に頭を下げ、辞去の言葉を告げた。

数日分の食料と水だけの簡易な装備を背負い、ここからクロウはひとりきりでイオナドの山の頂を目指す。頂に着いたら、神竜が来るのをただひたすら待てばいいとヴィシは言っていた。

「……クロウ、すまない」

彼らに背を向けて歩き出したクロウに、小さなつぶやきが聞こえて、思わず振り返った。こちらを見つめて眉間《みけん》にしわを寄せていたのは、父と同じくらいの歳の男だった。

謝られても、どう返せばいいかわからない。クロウが黙って会釈をすると、男はぐっと唇を噛み、何かを言いかけて、やめた。

目を合わせてくれたのは、ヴィシに続いてふたり目だ。悪い人ではないのだろうな、となんとなくわかった。

「お元気で」

クロウはそれだけ言って、再び歩き出す。その背にはもうだれも言葉をかけることはなく、こうして生まれ育った村との縁は思ったよりも簡単に断ち切られたのだった。

そして歩くこと半日。

山頂に近づくにつれ、空気も薄くなり、立ち並ぶ木はだんだんと低くなっていく。陽も落ちてきて、辺りは少しずつ闇《やみ》に呑《の》まれはじめた。しかし幸運だったのは、最近続いていた雷雨が、今日はまったく降らなかったことだ。

「雨の日は特に頭痛が酷《ひど》かったから、ありがたいや」

山頂まで、もう少し。山登り自体初めてだったクロウにとって、この道程はかなり大変だったが、それもあと数刻で終わる。

そう思った途端、ふと気が抜けた。

ここらで一度休憩して、食事をとってから再び登りはじめればいい。どうせ陽が落ちきるまでには間に合わない。

休むのにちょうどよさそうな岩を見つけて、クロウはそこへ歩み寄ろうとした。

そのときだ。ぎゃあぎゃあとけたたましく鳥の鳴き声が辺りに響いた。びくりとしてそちらに目を遣《や》ると、餌《えさ》でもあるのか鳥たちが一ヶ所に集まって、騒ぎ立てている。

気になって覗きに行こうとしたクロウの頰《ほお》に、ぽたっと冷たいものが当たった。

「雨……？」

慌てて空を見上げるが、頭上に雲らしきものはなく、どうやら天気雨のようだ。天気雨ならすぐ止《や》むだろうと気に留めず、クロウは鳥たちの傍《そば》へ近づいた。

動物の死骸《しがい》か何かだろうと思って油断していたが、クロウに譲るように鳥たちが羽ばたき、そこに現れたものを見て、クロウは思わず「ぎゃっ」と悲鳴を上げた。

「に、人間……？」

岩に寄りかかるようにして倒れていたのは、大柄な男だった。

線の細いクロウと違って、身体つきもよく、顔も彫りが深く整っている。しかも、見たことのない金色の髪だ。服装はガルズ村の服と似ているが、襟や袖に施された複雑な模様の刺繍は、この世のものとは思えないほど美しい。アレスの人間ではないのだろうかと訝《いぶか》しみながらも、クロウは男に駆け寄って膝《ひざ》をついた。

胸が上下しているのが見え、死んではいないようだとほっとしたのも束《つか》の間、よく見ると腕に大きな傷痕《きずあと》があり、大量の血が流れていた。

「大丈夫ですか⁉」

声をかけて男の身体を揺すると、「うっ」と呻《うめ》き声を上げて、彼の目が開かれた。

ばちりと視線が合い、その瞬間、クロウは見惚《みと》れた。金色の髪も美しいが、それ以上に彼の瞳に魅入られたのだ。

硝子《ガラス》玉のような、宝石のような、赤い瞳。

「わあ」と思わず声を上げると、男はその美しい目をギッと睨むように細め、クロウの手を跳ね除《の》けた。

「だれだ、おまえは」

顔に相応《ふさわ》しい低く張りのある声で、男が訊いた。その途端、頭上で激しい雷鳴が轟《とどろ》いた。天気雨だったはずなのに、暗い雲が集まってきたかと思うと、土砂降りの雨に変わった。

しかし不思議なことに、防ぐものもないはずの男とクロウには、雨粒ひとつ当たらない。

男の防御魔法か何かだろうかと驚くが、雨は避《よ》けられても、頭痛までは防げないようで、痛み出したこめかみに、クロウは顔を歪《ゆが》めた。

「だれだと訊いている」

答えないクロウに、男が苛《いら》ついたように再び問うた。まっすぐに見つめられ、どきりと心臓が高鳴る。

この男は、クロウの髪も瞳も恐れていないようだった。

「……麓のガルズ村のクロウ・オブシディアンといいます。山頂へ向かう途中に、倒れているあなたを見つけたので、治療をしようと駆け寄ったところです。治癒魔法をかけますので、腕をこちらに――」

一刻も早く腕の傷を治さなければ、とクロウが手を伸ばしたが、その手は彼に届くまえにばしんと叩《たた》き落とされてしまった。

「勝手に俺の身体に触れるな」

そして、怒ったように彼が言い放った刹那《せつな》、言いようのないざわめきがクロウを襲った。

全身の肌が粟立《あわだ》ち、さらにはじわりと冷や汗が滲《にじ》み出る。今まで感じていた頭痛はさらに痛みを増し、脳が揺さぶられるような感覚に、クロウは吐き気を催した。

「……っ」

気づけばクロウの身体は男から離れ、まるで服従するかのように腹を見せ、仰向けになっていた。

「何をやっているんだ？」

不可解そうに男が訊き、クロウを見つめる。

「すみません、身体が勝手に……」

どうしてこんな格好に、と痛みの中で戸惑っていると、視界の隅で男が立ち上がるのが見えた。

「あ、あの、治療を……」

立ち去られてしまうのでは、とクロウは声をかけた。自分も頭痛でそれどころではなかったが、致命的なものではない。だが、男の傷は深刻だ。早く治さなければ傷口から雑菌が入って膿《う》んでしまうかもしれない。

しかし、心配していたようなことにはならず、男はクロウに近づいてくると、険しさを解いた目で、まじまじとクロウを観察した。

そして口を開いたかと思えば、

「〈身体を起こして座り直せ〉」

と命令した。

その途端、またも不思議な感覚がクロウを襲った。彼の言葉に是が非でも従わなければならないような気がして、痛みを堪《こら》えて地面に手をつき、起き上がる。

ぺたん、と正座になって男を見上げたときには、どうしてか痛みではなく、焦《じ》れるような甘い疼《うず》きが全身に広がっていた。

男をじっと見上げるクロウに、彼は一瞬目を見開いてから、考え込むように顎《あご》に手を当て、それから今度は反対に、彼のほうからクロウに向かって手を伸ばしてきた。

何をするかと思えば、男の大きな手はクロウの真っ黒な髪に乗せられ、わしゃわしゃと撫《な》でるように左右に動いた。

そして男は言った。

「〈いい子だ〉」

「……っ！」

柔和に細められた赤い瞳に、クロウの心臓が、震えた。

かつてないほどの喜びが押し寄せてきて、そのあまりの大きさに、どうしていいかわからない。

「なん、で……？」

頭を撫でられた、たったそれだけのことで、こんなにも満たされるなど、思いもしていなかった。自分は一体、どうしてしまったのだろう。その戸惑いが、涙となって現れた。

突然泣き出したクロウを見て、男がはっとしたようにクロウの傍に跪《ひざまず》き、袖でぐいっと目元を拭《ぬぐ》った。

「なぜ泣く」

「わかりません。でも、なんだかとても幸福で……」

それに、ずっと気怠《けだる》かった身体も頭も、嘘《うそ》のように軽くなっている。こんなにすっきりとした気持ちは、何年ぶりだろう。

「あなたも、治癒の魔法が使えるのですか?」

今まで治らなかった頭痛が、信じられないくらいよくなったと伝えると、男は「いや」と首を横に振り、また考えるように腕を組んだ。

「あっ、怪我を……」

腕の傷が目に入り、思い出す。早く彼を治療しなければ。だが不用意に触れて怒らせてはまずい。クロウは正座のまま、男に懇願するように言った。

「僕のことが恐《こわ》くないのであれば、怪我を治させてください。きっとこのままでは膿んでしまう」

少し迷ってから、男は傷ついた腕をクロウに差し出した。

よく見ると大きな爪《つめ》に引っ掻《か》かれたような裂傷で、獣か何かに遭遇してついたものだろうかとクロウは首を傾けた。もしこんな大きな爪を持つ獣が近辺にいるのだとしたら、神竜と出会うまえにその獣に食べられてしまいそうだなと心配になる。

傷に手をかざし、クロウはぎゅっと目を瞑《つぶ》った。そして手のひらに魔力を巡らせ、じわじわと熱を集めていく。すると、見る見るうちに男の傷が塞《ふさ》がって、痕もなく消えていった。

「はあ……。終わりました。これでもう大丈夫」

どっと疲れがきて、クロウは後ろに倒れ込みそうになる。だがそれを治ったばかりの男の腕が支えた。

「すごいな、おまえ。こんなにも強力な治癒魔法は初めて見る」

腕の中という至近距離で囁《ささや》くようにそう言われ、相手は同じ男だというのに、クロウの鼓動は鳴りを速めていく。きっと、両親以外にこんなふうに触れられたことがないからだろうとは思うが、こんなときの対処法を、クロウは知らない。

「……あ。雨が止んでる」

ふと逃げるように見上げた空は、いつの間にか雲ひとつなくなっていて、雷の音もしなくなっていた。クロウのつぶやきに、男も空を見上げた。

「……ああ。本当のことだったんだな」

感慨深げに、男が言った。その顔は少し泣きそうで、クロウはきゅうっと胸が締めつけられるのを感じた。

しばらく穏やかな薄明の空をふたりで眺めて、山の向こうに陽が完全に落ちるのを見届けた。辺りが闇に包まれ、今まで聞こえていた鳥の声がすっかり静かになる。

松明《たいまつ》を点《つ》けなければ、と男の手から抜け出そうとすると、ふいに男が訊いた。

「ところでおまえ、どうしてこんなところにいる？　山頂に向かうと言っていたが、あそこには何もないぞ」

「……わかっています」

「わかっているなら、なおさらどうして……」

不可解そうに眉間にしわを寄せる男に、クロウは無理やり笑みをつくって答える。

「僕は、生贄なんです。この山の頂にいる、イオナドの神竜様のお怒りを鎮めるための」

選ばれたのは、光栄なことだ。そう自分に言い聞かせるように、クロウは続ける。

「僕の村には、古くからの伝承があるんです。天を操り恵みをもたらしてくださる神竜様がお怒りになったときには、生贄を差し出す必要があるのだと。このところ天気が悪く、水害も起こっているようで、きっと神竜様がお怒りなのだろうと。だからそれを鎮めるために、僕が選ばれたんです」

だから自分が神竜に捧げられれば、元の豊かなアレスに戻るのだろう。それを信じて、クロウは山頂に向かっているのだ。

そう説明すると、しかし男は不機嫌な顔になり、吐き捨てるように言った。

「生贄だと？　そんなもの、俺は求めた覚えがない」

その途端、ぼっぼっと男の周りに炎が灯《とも》り、周囲を明るく照らし出した。男の金色の髪と、澄んだ赤い瞳が、灯《あか》りを弾《はじ》いてより輝いてみえた。

「え……？」

その魔法に一瞬気を取られたが、クロウは聞き洩らさなかった。

今、この男は「俺は」と言っただろうか。

そこで、はっとする。

どうして気づかなかったのだろう。彼の容姿は、まさにヴィシが言っていた神竜の姿と重なる。

金色の鱗に、赤い瞳。

鱗ではなく髪の毛だが、その彩にヒントはあったはずだ。

「もしかして、あなたがイオナドの神竜様、ですか……？」

人型になるなど、知らなかった。クロウが恐る恐る訊くと、「今頃気づいたか」と男はふんっと鼻を鳴らした。

「人間からはそう呼ばれているな。だが、それは総称に過ぎん。俺の名はほかにある」

「お聞きしても？」

「――バラウルだ」

言うや否や、彼の背に金色の翼が現れた。そしてクロウを抱いていた手はメリメリと音を立てて大きくなり、キラキラと輝く鱗が肌を覆っていく。その片手にぎゅっと身体を握られ、動けないまま、クロウは彼が変身していくのを見つめていた。

やがて、彼は家一軒分ほどの大きさの竜になった。

ヴィシが言っていたとおりの、黄金竜だ。

――ああ、自分はこの神竜に食べられるのか。

クロウは諦《あきら》めに似た気持ちで、身体の力を抜いた。だが、不思議と恐怖はない。それは、目のまえにいる神竜があまりに美しかったからだろう。

彼に食べられ、彼の一部になるのなら、悪くない。

そう思ってしまったのだ。

「バラウル様。どうか僕を食べて、お怒りをお収めください」

祈るようにクロウは言った。

最後に治癒魔法も役に立った。ほかでもない神竜を癒せたのだ。それだけでも生まれてきた価値はあった。

もう、悔いはない。

そう思って、静かに目を閉じようとしたところで、「馬鹿かおまえは」と身体の拘束が解かれた。えっと目を見開くと、バラウルは元の人間の姿に戻っていて、呆《あき》れたようにクロウを眺めていた。

「食べないんですか？」

「だから、さっき言っただろう。俺は生贄など求めてはいないと」

人間を食べるなど論外だ、と怒ったように言われ、クロウは戸惑った。

「えっと、じゃあどうやってお怒りを鎮めれば……」

このままでは、村の役に立たない。一体どうすればいいのかわからず、縋《すが》るようにバラウルを見上げる。

「そのことなんだが……」

困った顔で首の後ろを掻きながら、バラウルが口を開いた。

——このままでは、何もしないまま村へ帰されるかもしれない。もうあの村にはクロウの居場所などないというのに。

バラウルが何かを言いかけたのを遮って、クロウは言った。

「僕を、バラウル様のお傍に置いていただけませんか」

食べられないのなら、せめて身の回りの世話くらいはしなければ、と咄嗟《とっさ》に出た言葉だった。だが、自分でもいい案だと思う。傍にいれば怒りの原因もわかるかもしれない。それを解決するまでは、帰れない。

「おまえ、家族はいいのか。帰れるなら帰りたいんじゃないのか？」

バラウルが訊いた。それに、クロウは首を左右に振る。

「僕の家族は、一年前に死にました。身寄りもないですし、今さら帰ったところで居場所などありません」

正直にそう言うと、バラウルは深刻そうな顔になって、「哀れな子どもだ」と一言つぶやいた。

「僕はもう十八で、先日成人を迎えたところです。子どもではありません」

それをきっぱりと否定して、クロウは言い募った。

「ですからどうか、お傍に」

頷いてくれるまではこの場を動かない、と意気込んでまっすぐに見つめていると、バラウルは少したじろいだ様子で訊いた。

「おまえ、俺が恐くはないのか？」

何を言うかと思えば、そんなことだ。

「まさか！　神竜様を恐いと思うことなどあり得ませんよ。人間の姿も竜の姿も美しくて、見惚れたほどです。この方になら食べられてもいいと本気で思いました」

胸に手を当て、しみじみと言うクロウを見て、バラウルはぽかんとしたあと、ふっと破顔し、徐々に声を大きくして笑い出した。

「竜の姿で脅せば逃げていくかと思えば、面白いやつだな」

そしてクロウの頭を撫で、言う。

「いいだろう。行く当てがないというのなら、俺のところに来るがいい。ただし、村と違って何もないぞ」

「寝床さえあれば、それで十分です」

許されたのが嬉《うれ》しくて、クロウはにっと笑みを深めた。

これで、村には帰らなくて済む。それに何より、バラウルの傍にいられる。彼の傍にいると、不思議と頭痛が起こらないのだ。本来の自分を取り戻したような心地がして、気分が安らぐ。これもすべて、彼が神竜だからだろうか。

「これからどうぞよろしくお願いします、バラウル様」

丁寧にお辞儀をしたクロウに、バラウルは頷き、その手を取った。

「では行くぞ、クロウ」

「……はい」

名前を呼ばれた途端、痺《しび》れるような甘い感覚が脳を満たす。

そうしてクロウは、食べられることなく、イオナドの神竜、バラウルに仕えることになった。

連れていかれた山頂は、草木の乏しい物寂しい岩場だった。中央が丸く平らになっていて、そこに岩で組み上げられただけの簡素な祠《ほこら》がある。人ひとりが入るのがやっとで、おそらくそこでバラウルが眠るのだろうというのは窺《うかが》えたが、あまりに殺風景だ。

それに加え、何に使うのかわからない変な木彫りの人形や、硝子でできたオーナメント、旗のような布切れが所在なさげに置いてある。供え物、だろうか。

「もっと緑があると思ってたんですけど、岩しかないですね」

「何もないと言っただろう」

「さすがに神殿はあるかと思ってました」

神竜信仰があるのなら、それを祀《まつ》る大きな神殿くらいあってもいいはずだ。可能なら、せめて身体を休められる家を建ててあげたい。

昔、建築に携わっていた父と一緒に、本物そっくりの小さな家の模型を作ったことがある。木の組み方は覚えているし、家に建築の本もあってそれを読んで覚えているから、この祠よりはマシなものができるはずだ。

ただ、設計はできても大きな木を扱うには人手がいる。残念ながら、そんな伝手《つて》はクロウにはない。願ったとしても無理なことだったと、クロウは静かに笑って俯いた。

「ここにはだれも来ないからな。この寝床も人間の家を真似《まね》て自分でつくったものだ。建築の知識がないから家とは呼べない代物になってしまったがな。だがまあ、俺には必要ない。こうして竜の姿になれば、どこでだって寝られる」

住居には興味がなさそうにそう答え、バラウルは竜の姿に戻ると、祠の横に丸くなって息をついた。それと同時に辺りを照らしていた炎も消え、頭上の星空がよく見えるようになる。

「村と比べて、空が綺麗《きれい》に見える気がします」

星に手が届きそうで、クロウはそっと手を伸ばした。だが当然摑《つか》めるはずもなく、その手は虚空を切った。

「ここは空気が澄んでいるからだろう」

「確かに、そうかもしれませんね」

夜空をこんな穏やかな気持ちで眺めるのはいつぶりだろう。ここ最近は雨続きで星空が見えなかったというのもあるが、そもそも今のように美しいものを見る心の余裕が、クロウにはなかった。

いい眺めだ、と見上げていると、さあっとどこからともなく風が吹きつけてきた。

「……っ、さむ」

気温は夏に向かい温かくなってきてはいるが、山の夜はまだまだ冷える。それに、朝からちゃんとしたものを食べていない。そろそろお腹が鳴りそうだ。

焚火《たきび》のためにクロウが木を拾いに行こうとすると、「どこへ行く」とバラウルが訊いた。

「あ、薪《たきぎ》を拾いに行こうかと。食事もとらないといけないので……」

言ってから、クロウはとある疑問が浮かび、バラウルに訊いた。

「バラウル様は何をお召し上がりになるんですか？」

竜といえば、見た目的には肉食に見えるが、どうなのだろう。自分だけが食事をとるのも忍びないが、彼の腹を満たすには、相当な量の食事が必要な気もする。

しかし、その質問にバラウルは首を振り、「食べなくとも死にはしない」と答えた。

「俺はこの霊脈の魔力で生きている。だから人間のように食事をとる必要はない」

「そうなんですね」

納得したところで、クロウが再び歩き出そうとすると、バラウルがひょいっと爪でクロウの襟首を摑んで止めた。

「薪を取ってこなくても、魔法で炎を出せばいいだろう。イオナドの北の麓に住んでいるのなら、魔法くらい使えるはずだ」

その一言に、幸せな気分に浸っていたクロウは、さっと顔を曇らせた。

急に現実に戻されたような心地だ。

――呪われた出来損ない。

頭の中に、声が響いた。

そう言われる原因となった黒髪をぎゅっと摑み、クロウはゆるゆるとかぶりを振った。

「……使えないんです。魔法」

クロウがそう言うと、バラウルは驚いた声を上げた。

「なんだと？　だがさっき治癒魔法を使っていたではないか」

「僕にできるのは、簡単な治癒魔法だけです。火や水といっただれでも出せる魔法が、僕には使えません」

だから、日常生活も困難だった。生きることが、つらかった。

バラウルにもがっかりされるだろうか。傍に置くと言ってもらえたのに、なんの役にも立たないと知られてしまった。

今さら追い出されたりはしないだろうか。

そう考えた途端、また激しい頭痛に襲われた。

クロウがうっと顔をしかめると、バラウルの大きな指がやさしくクロウを引き寄せて、広げた羽の内側へとすっぽりと収めた。そしてまた、ぽっと炎の玉を空中に灯す。

「これで寒くはないだろう。薪もいらない」

「え……？」

一体どういう意味だろう。なぜバラウルがこんなことをするのか、クロウにはわからなかった。疑問を顔に貼《は》りつけて彼を見つめると、なんでもないことのように彼は言った。

「おまえは治癒魔法が得意で、おまえの周りにいた人間はそれ以外が得意なだけだ。俺だって、治癒魔法は使えない。そもそも、この世界には魔法が使えない人間のほうが多い。むしろ火や水に比べて治癒魔法は希少で、その力を必要とする人間はたくさんいるだろうな」

「そう、なんですか……？」

村の外には魔法が使えない人間がいるのは知っていたが、魔法が使えないのは恥だと思って生きてきた。虐げられるのは仕方ないとも。外の人間がどんな生活をしているかなんて、考えたこともなかった。

——僕のこの魔法を求めてくれる人がいる……？

「ああ。何をそんなに卑屈になっているのかは知らんが、おまえはもう少し外の世界を見るべきだ。世界は広いぞ」

ふんっと鼻を鳴らし、バラウルはクロウの持っていた鞄《かばん》を指差す。

「腹が減っているのだろう？　早く食事にしたらどうだ」

炎の玉を操り、クロウが触れやすいようにと、それを地面に置く。

「ありがとうございます」

じわりと、涙腺《るいせん》を涙が押し上げる。堪えようと思ったのに、その努力も虚《むな》しく、クロウははらはらと涙を零《こぼ》した。

「またおまえは……、なぜ泣くんだ」

おろおろとバラウルが視線を彷徨《さまよ》わせた。それを見て、クロウは少し笑った。今は人間の姿ではないのに、バラウルはわかりやすい。

「そんなふうに言ってもらえたのは初めてです。僕を必要としてくれる人がいるなんて信じられませんが、バラウル様が言うのならきっとそうなんでしょうね」

「嘘をつく必要がどこにある」

「バラウル様はおやさしいので、僕を慰めるために言ってくださっているかもしれないでしょう？」

クロウが言うと、「馬鹿馬鹿しい」とバラウルはそっぽを向いてしまった。怒らせただろうかと一瞬不安になったが、漂う雰囲気はやわらかく、照れているだけなのかもしれないとクロウはまた笑った。

――そうか。僕はもう、村の外のことを考えてもいいんだ。

そう思うと、胸のつかえがひとつ取れた心地がした。

バラウルが用意してくれた炎に鞄から取り出した手鍋《てなべ》をくべ、水筒の水を注ぎ入れ、湯が沸いたらハーブと干し肉を投入する。あとは茹《ゆだ》るのを待ち、塩で味つけすれば終わりだ。

「……僕、本当にバラウル様のお役に立てるでしょうか」

ゆらゆらと揺れる炎を見ながら、クロウはふいに胸にあった言葉を口にした。

炎も熾してもらい、寒くないようにと風よけになってもらっている。これではクロウのほうが世話をされる側だ。卑屈になるなと言われたが、性分はなかなか直りそうにない。気を抜けばすぐに後ろ向きなことを考えてしまう。胸のつかえはひとつだけではなく、何個もあった。

「俺は役に立てなどとは言っていないが」

「ですが、このままでは……」

お荷物が増えるだけだ。バラウルひとりなら、炎を出したり余計な魔力を使うこともなかっただろうに、クロウがいるせいで消費させているのは間違いない。

自分の都合でついて来たのはいいが、迷惑になることは考えてもいなかった。

「……役に立ってはいるだろう。一応おまえには傷を治してもらった恩もあるしな」

クロウが落ち込んでいるのを察したのか、バラウルが慰めのように言った。

「たったそれだけです」

「それだけということはないと思うが」

「僕にとって、あれくらいは息をするのと変わりません」

頑《かたく》なに、クロウはバラウルの言葉を受け入れようとはしなかった。あのくらいの傷を治せても、無意味なことを知っているからだ。

父も母も、クロウの力では救えなかった。死んだ者を蘇《よみがえ》らせるくらいの力があれば誇れたかもしれないが、そこまで強い力はクロウにはない。

「だったら、この炎も俺にとっては息をするのと変わらない」

　両親を思い出し、沈みかけていたクロウに、バラウルが言った。そしてそれが本当であることを示すかのように、もっと多くの炎の玉を出したかと思うと、それらをぐるぐると躍らせてみせた。

「すごい……！」

　そしてそのひとつを真っ暗な夜空に向かって飛ばす。炎の玉はひゅるるる、と音を鳴らしながら見えなくなり、やがて色とりどりの火花を散らしながら、ドンッと弾け、空気を揺らした。その振動が、クロウにも伝わってきた。

　パラパラと火花の名残が落ちてくるのを見上げたまま、クロウは手を叩いた。

「すごい、すごいです、バラウル様！　流れ星よりもずっと綺麗！」

「これは花火というものらしい。昔、ここよりもっと東にある国の人間たちが祭のときに上げているのを見たことがある。それを真似してみたんだが、気に入ったか？」

「もちろんです！」

　はしゃぐクロウを見つめて、バラウルがふっと笑う。

「これが、俺にとっての〝息をする〟だ」

　一瞬、理解できずに首を傾げそうになる。だが、先程自分が言ったことだと思い至り、クロウはまた泣きそうになった。

「やっぱり、バラウル様はおやさしいですね」

「泣いている子どもをあやすのは、人間のあいだでは普通のことなのだろう？」

「だから、僕は子どもじゃありませんってば」

むっとして言い返すと、途端にバラウルが人間の姿になり、クロウの隣に腰かけた。

「いい匂《にお》いだ」

煮立ってきたスープに鼻を近づけ、言う。

「バラウル様も召し上がりますか？」

食事は必要ない、と言っていたが、食べられないわけではなさそうだ。クロウが皿によそって差し出すと、バラウルはそれを受け取り、一口飲んだ。そして驚きに目を見開いたかと思うと、つぶやく。

「うまいな」

「お口に合ってよかったです」

気づくと、頭痛はきれいに消えていた。クロウも熱いスープを啜《すす》り、ほっと息を吐く。

「……役に立ちたいと言ったな」

バラウルが手に持ったスープを見つめながら訊いた。

「はい。僕にできることがあればなんでもします。それほど多くはできないかもしれませんが……」

役目をくれるのなら、まっとうしたい。彼のために、尽くしたい。

これほどまでにだれかの命令を渇望するのは、初めてだ。相手が神竜だからだろうか。それともまた別の理由があるのだろうか。自分にはわからない。

そわそわと身体中の細胞が騒ぎ出し、彼の命を待つ。スープの皿を持つ手に、ぎゅっと力が入る。

もう一口スープを飲んでから、バラウルは静かに言った。

「これから毎日、俺の分も人間の食事を作ってくれないか」

意外なリクエストに、クロウは「え？」と瞬きを繰り返した。

「そんなことでお怒りが収まるんですか？」

「人間の食事は久しぶりだが、悪くないと思ってな。自分で作るのは面倒でも、おまえが作るのなら大歓迎だ。……しかし、俺の怒りがどうとか言っているが、そもそも俺ははじめから怒ってなどいないぞ」

「ええっ？」

今度は明確に、クロウは目を見開いて驚いた。

「だったら、最近の天候の悪さは何なんですか？　まさか、バラウル様とは無関係で、別の神様が怒っていらっしゃるとか……？」

だが確かに、先程の雷雨はバラウルの感情と連動していたように思う。起きたら目のまえに不審者（クロウのことだ）がいて、警戒するのと同時に土砂降りになった。彼が神竜だとわかった今、あれが偶然だとはとても言えない。

「天候の乱れの原因は俺だ。だが、怒りのせいではない」

バラウルの表情が、わずかに曇った。

「別の原因が……？　まさか、バラウル様に怪我を負わせた者と闘っておられる、とか？」

大きな爪痕を思い出し、クロウは顔をしかめて周囲を警戒する。今はなんの気配もないが、突然襲ってきたりするのだろうか。

しかし、「そんなものはいない」とバラウルはきっぱりと否定した。

「あの傷は自分でつけたものだ」

「そんな、どうして」

あれほどの傷、自分でつけるなど狂気の沙汰《さた》だ。人間であれば、下手をしたら腕が一生使いものにならなくなってしまうほどのものだった。

「久々に気分のいい日だったから街に下りようと思っていたら、また天操が狂って大雨を降らせそうになってな。別のことに意識を逸らそうとした結果があれだ」

「だからあんなところで気絶していたんですね」

はあ、とクロウがため息をつくと、バラウルは不服そうに顔を歪めた。

「気絶はしていない。休んでいただけだ」

クロウがほんの傍まで近寄ったのにも気づかなかったのに？　と言いかけて、クロウはやめた。言ったところで認めはしないだろう。その代わり、じとっとした目で、クロウは言った。

「もう自分で自分を傷つけるなんてこと、やめてくださいね」

そしてふと、この説教じみた言葉に懐かしさを覚えた。もう一年以上前だ。無理をして働きに出ようとする母に、クロウはよく言っていた。

――具合が悪いんだったら休んでなよ、母さん。無理は禁物だよ。

母が働かなければ家計は立ちゆかないというのに、つらいのを我慢して「大丈夫よ」と気丈に笑う母に、傲慢《ごうまん》にも自分は説教をしていた。家事でしか母を支えられなかったという情けなさが、胸に蘇る。

途端、クロウの顔から表情が抜け落ちた。それを不審に思ったのか、バラウルが顔を覗き込んでくる。端整な顔が急に目のまえに迫り、クロウは「わっ」と驚きに声を上げた。

「おまえがするなと言うのなら、もうしない」

バラウルが言い、小指を差し出した。どういう意味があるのだろうとクロウが戸惑っていると、同じように小指を出すように彼は言った。そして小指同士を絡めたかと思えば、

「指切りだ」と繋《つな》いだまま上下に手を振る。

「人間は、約束事をするとき、こうすると聞いた」

「指切り……」

クロウの知らない行為だ。もしかしたらアレスの文化ではないのかもしれない。花火といい指切りといい、バラウルはいろいろなことを知っている。確かに、彼の言うとおり外の世界は思ったよりも広いのかもしれないなと、少しだけ実感する。

「じゃあ僕も、約束。明日からバラウル様のお食事を、誠心誠意作ります」

「そうしてくれ」

真面目《まじめ》な顔で頷いた彼に、クロウの口角がふっと解《ほぐ》れて持ち上がる。それを見て、バラウルの表情も緩んだ。

「とにかく、原因は怒りではないから安心しろ。それに本当はおまえが何かしなくたっている——……」

そこまで言って、バラウルは突然はっとしたように口を噤《つぐ》んだ。

「……？」

続きは言わないのかとクロウは首を傾けた。だが、バラウルはしばし考え込み、結局何も言わないまま、スープの残りを口にした。

「……食べたいものがあれば、なんでも言ってくださいね」

　あまりに親しみやすかったため、ついつい気安げに話していたが、ただの人間である自分が、神竜である彼にあれこれ質問するのは失礼だったと、今さらのようにクロウは反省した。自分にだって、人に話したくないことのひとつやふたつ、ある。

　彼が言いたいなら聞くが、言わないのなら追及しない。

　その方針は守ろうと、クロウはそっと心に決めた。

「いろいろ食べたことはあっても、料理の名前も作り方もろくに知らないからな。作るものはおまえに任せる」

「がんばります」

「料理に必要なものがあれば、俺が用意してやる」

「ありがとうございます」

　その後、クロウの家では何を使っていたか、どういう暮らしをしていたか、バラウルは聞きたがった。人間に興味があるが、天操がうまくいかなくなったここ数年は山に引き籠《こ》もっていたため、会話する機会がなかったそうだ。祠に置いてあった木彫りの人形なども、供え物ではなく、バラウルがいろいろな国を回って集めてきたものらしい。

「人間は、面白い。ほかの動物と違ってかなり知恵がある。こうして俺と会話できるくらいにな」

「言葉が通じる神様で本当によかったです」

「おまえたちの言葉は生まれてすぐにファヴニルが教えてくれた」

「ファヴニル？」

知らない名前に、クロウは問い返した。

「先代の神竜だ。数十年前に寿命が来て今はもういないが」

「そうだったんですか……。お悔やみ申し上げます」

「神竜と呼ばれてはいても、神ではないからな。神託を得た竜が神竜だ」

神竜に寿命が来るものとは知らなかった。永遠の時を生きるのだと勝手に思い込んでいたが、バラウルも自分と同じように死という別れを経験しているのだと思うと、胸が痛んだ。

「数十年ひとりきりだなんて、考えただけでもつらいです」

もしかしたら、自分に待っていた未来だったかもしれないのだ。こうして生贄にされたことにより、バラウルという神竜に仕えることができたが、もしあのまま生きていれば、やがて心が完全に死んでいただろう。

「僕、バラウル様のところに来られて幸運です。これからはバラウル様が寂しくないように、話し相手でもなんにでもなりますから」

畏《おそ》れ多くも、しかしクロウはバラウルに親近感を抱きはじめていた。ぐっと両手のこぶしを握り、胸のまえに掲げる。

「おまえは本当に変わったやつだな」

バラウルが苦笑したのに、クロウは「そうでしょうか」と少しだけ気後れしてこぶしを下ろす。

「いい意味で、だ。人間は竜を見ると大抵は恐がるか、敵意を剝《む》き出しにするものだからな。だからおまえが俺を見て逃げなかったこと、……俺は嬉しかった」

はっきりとわかりやすく肯定され、クロウの心がふわっと浮き立つ。

「……はい。バラウル様は恐くなんかありません！　綺麗で美しくて、かっこいい神竜です」

そして力いっぱい頷いた。ははっとバラウルが声を上げて笑い、それから夜はのどかに過ぎていった。

眠るまえになると、バラウルは竜の姿に戻り、クロウを囲むように横たわった。炎の玉をひとつ傍に置き、布団代わりに羽を真上に被《かぶ》せてくれる。

雨も風もなく、やわらかな炎の熱に身体の力が抜け、心地のよい眠気がやって来た。

今日あった出来事を思い返しながら、クロウはまぶたを閉じる。

人生で幸せなことなどないと思っていたのに、これほどの幸運に巡り合えるとは、まだまだ捨てたものではない。

――いつかあなたを愛してくれる人がきっと現れるわ。

ふいに母の声がして、クロウは目を開けた。だが実際は夢だということも、わかっている。母はもうこの世にいない。けれど、母がやさしい目でにっこりと微笑《ほほえ》んだのを、クロウは確かに見たのだった。

＊＊＊

情緒不安定な子どもだな、というのが、クロウの第一印象だった。

喜んだかと思えば、次の瞬間には暗い顔になったり、だが数秒後にはまた笑顔に戻ったりする。

街に下りて散策したり食べ歩きをしたりすることはあったが、正体を明かしたうえで人間に接するのはバラウルには初めてのことで、素の状態でどう接していいのか、正解がわからなかった。

だが、ひとつだけはっきりしていることはあった。

クロウには、もっと笑っていてほしい。自分が強くそう望んでいるということだ。

こんな気持ちになるのは初めてで、不器用ながらも、バラウルは懸命にクロウを慰めようとした。その甲斐《かい》あってか、眠りにつく頃には穏やかな顔になってくれたが、もっと、

もっと、という気持ちが自分の中で膨れ上がっていくことに、少し戸惑ってもいた。

すうすうと気持ちよさそうな寝息を立てるクロウを見下ろしながら、バラウルはファヴニルが言っていたことを思い出す。

——もし身体に異変があるときは、必ず番を見つけなさい。きっとその番はおまえを癒し、さらなる力をおまえに与えるはずだ。そして何より、おまえは愛を知りなさい。

「番、か……」

つぶやいて、やわらかそうなクロウの頬に触れてみたくなる。動けばクロウが起きてしまうのもわかっているから、そんなことはできないが。

ファヴニルが天に還《かえ》ってから、数十年。

バラウルがちょうど百歳を迎えた頃だ。いつもは簡単に操れるはずなのに、突然天候を操るのが難しくなった。そしてそれと同時に、これまで感じたことのない身体の怠さを感じるようになった。

身体の異変。ファヴニルが言っていたことが、現実になってしまった。

百歳を迎え、成人になった神竜は、まれに天操ができなくなり、身体が自由にならなくなることがあるという。

しかしそれは病などではなく、より優れた神竜にこそ現れる兆しなのだそうだ。

そしてその異変を癒すことができるのは、この世界のどこかにいるとされる、神竜の番だけ。

「私は兆しがなかったから、番もつくらなかったけれどね。もしかしたらおまえには、兆しが現れるかもしれない。そのときはちゃんと、番を見つけなさい」

健在な頃、ファヴニルは何度もバラウルにそう言った。

「番を見つけるのはいいとして、どうやって？　その番というのは、どこにいるんだ？」

この世には、神竜と呼ばれる存在はアレスを含めて数ヶ所にしか認められていない。バラウルもほかの神竜に会ったことはない。

「さあ。でも私の先代が言うには、会った瞬間にわかるものだそうだよ。それに――」

「それに？」

「相手は同じ竜とは限らない。同等の知恵を持った人間という場合もある」

「は？　竜じゃない？」

それを聞いたとき、バラウルは顔を歪めた。神に近しい自分たちの番が、何万何千とある人間などとは、不釣り合いではないのか。それに、彼らとはあまりにも寿命が違いすぎる。人間はたかだか数十年しか生きられないが、神竜は五百年だ。

そう思ったのがわかったのか、ファヴニルは苦笑した。

「おまえはまだ若い。だからこそ、物を知る必要がある。数年、人間の世界を見てきたらどうだ。元よりそのつもりでおまえに人間の言葉を教えてきたのだから」

そう勧められるまま、バラウルはイオナド山を出て、世界中の人間たちを見て回ることにした。人間の姿になることもできたので、彼らに紛れて街を歩いたこともあった。

神竜のいない氷に覆われた国や、じめじめとした熱帯雨林、草木のない見渡す限りの砂漠地帯。しかしその中でも、人間は逞《たくま》しく生きていた。ファヴニルの言うとおり、自分は無知だったと、そのときに気づいた。

ファヴニルから聞く話だけで人間を知った気になっていたが、自分の目で見る彼らは、より生き生きとしていて美しく、また反対に、呆れるくらい醜くもあった。

深い関わりを持つことこそなかったが、人間に対する偏見は、バラウルの中から消え失せた。

面白い。人間への興味がますます募り、気づけば彼らを観察しはじめてから、二十年が経っていた。

アレスを長く離れすぎたなと、あるときはっとして戻ってみれば、ファヴニルの身体はそろそろ寿命を迎えようとしていた。

「いい経験ができたようだな、バラウル」

「ファヴニルの言うとおりだった。人間も悪くない」

まえよりも覇気のなくなった声に、バラウルは別れが近いことを悟った。

「番は見つかったか？」とファヴニルが訊いた。

「異変もないのに、見つかるはずもないだろう」

「それもそうか」

ふっと笑って、もう何度も説いた言葉をファヴニルは繰り返す。

「異変があったら、必ず番（Submissive partner）を見つけなさい。そうすれば、兆しが現れた竜の凶暴なまでの支配欲（Dominant dragon）は、きっと満たされるだろう」

それからはアレスに留《とど》まり、ファヴニルの役目だった天操をバラウルが引き継いだ。

「私より余程いい腕をしている。これで安心して還れるな」

そして間もなくして、ファヴニルは天へと還っていった。バラウルがまだ知らない愛についで語りながら。

「愛とはなんだろうな」

ファヴニルを思い出したせいか、もの悲しさが胸に飛来した。

笑わせたいと思うクロウへのこの気持ちが、愛なのだろうか。これが愛なら、人間への興味とどれだけの違いがあるというのだろう。

もっと人間を観察したい。箱庭の世界で動く彼らを眺めていたい。

それとなんの違いがあるのだろう。

「んん……」

か細い声を上げて、クロウが寝返りを打った。かつて見た桜の花びらのような唇が、わずかに開く。

バラウルは迷った末、翼だけはそのままに人間の姿になると、クロウのその唇にそっと指先を這《は》わせた。

番になるということが、どういうことかというのはバラウルも知っている。人間たちが裸になって抱き合っていたのを見たことがあったからだ。人間はそうして子どもをつくる。子孫を残すために番をつくる。

だが、神竜と人間が番になるのは、子孫のためではない。

そもそも神竜は霊脈に自然と生まれるものだ。バラウルもそうだった。

ある日目覚めると、目のまえにファヴニルがいた。そして生まれたときから、自分がどういう存在であるかも、理解していた。

神竜は神から与えられた使命をまっとうするために生きている。その使命というのが、アレスの地を豊かにすることだ。

しかし皮肉にも、神はいたずら心も持っているらしい。

「豊かにせよというのなら、身体の異変などという厄介なものを備えなければいいものを……」

しかもそれは、豊かさとは真逆の氾濫《はんらん》を引き起こすものだ。せっかく蓄えてきた安寧を、バラウルのたった一回の天操の過ちで崩してしまう。

その乱れを癒すのが、神竜の番だという。

神に選ばれた特別な竜は、支配欲を持ち、それがうまく吐き出されないと身体に不調をきたす。そして同じように、神竜の番となるものは従属欲を持ち、神竜に支配され、仕えることによって初めて満たされるらしい。

支配する者をDom、支配される者をSubといい、そのふたりが番《つが》うとき、大地に真の平和が訪れる。

耳にたこができるほど聞かされたファヴニルの寝物語だ。

そしてきっと、バラウルの番は、クロウなのだろう。

彼を目にしたとき――――、正確には彼に命令したときだ。痺れるような快感が、バラウルの脳に広がった。さらにクロウが命令に従ったときは、もっと大きな、興奮に似た何かが身体を満たした。

そのとき気づいた。クロウは自分の番の可能性があることに。自分がこんなふうに快楽を得られるのなら、クロウもそうではないかと、「いい子だ」と彼の頭を撫でてみた。

案の定、クロウの顔は溶けそうなほどの喜びに満ちていった。

まだ完全に確信を持ったわけではない。だが、少なくともクロウには、バラウルを癒す力がある。その証拠に、命令を下したあと、驚くほどに天操がうまくできた。身体の中で乱れに乱れていた魔力が、すっと元どおりになった感覚がした。

「おまえは俺の番だと言ったら、どういう反応をするだろうな」

唇から頬へ、指を滑らせる。クロウはぴくりとまぶたを動かしたが、熟睡しているのか、起きはしなかった。

自分ひとりが知っていればいいことなのかもしれない、とバラウルはクロウの寝顔を見つめながら思う。

もし番だと告げたら、クロウは人間の常識でものを考えるだろう。そうすれば、おかしなことだと思うかもしれない。

人間の番は普通男女で、そうでなければ子どもは生まれない。ただでさえ神竜と人間という組み合わせなのに、さらにはバラウルは人間でいうところの男だ。男同士で番など、人間では生産性も何もない。

一緒にいるだけでいいというのなら、クロウには何も知らせず、ただ傍にいてもらえばいいいことだ。

——おまえは愛を知りなさい。

ファヴニルの最期の言葉が耳を掠める。

その愛というのは、男女間で起こる愛情なのか、それとも友愛か、家族愛か。どれを指していたのだろう。それを訊くには、遅すぎた。

「人間の愛は多すぎて、俺にはどれを知ればいいのかわからないぞ、ファヴニル」

それとも、全部だとでも、彼は言うだろうか。

「ん、バラウル、さま……」

寒かったのか、もぞりとクロウが動いて、バラウルのほうへと身を寄せた。ぴったりと胸にくっついて、安心したようにまた静かに寝息を繰り返す。

「人間というのは、本当に面白い生き物だな」

胸に滲んだくすぐったさに、バラウルの頬が緩んだ。彼はクロウを抱き寄せて、腕の中に閉じ込めた。そして自らも目を閉じ、眠りの中へ落ちていった。

＊＊＊

朝目を覚ますと、辺りは真っ暗で、クロウはぼうっとした頭で今の状況を思い出そうとした。

だがそのまえに、「起きたか」と低く張りのある声が降ってきて、途端に視界が明るくなった。同時に温《ぬく》もりも離れていき、名残惜しさに「あ……」と思わず目のまえの何かを手で摑む。

「やはりまだ子どもだな」

くすっと笑われて、だれだっけ、と瞬きを繰り返して顔を上げれば、赤い瞳と目が合った。整った顔立ちが間近に迫り、どきりと心臓が鳴った。

「……バラウル、様？」

「おはよう。よく眠れたようで何よりだ」

そうだ。自分は昨日、生贄として捧げられ、バラウルに仕えることになったのだった。

ようやく目が覚めてきて、自分がバラウルの服を掴んでいることに気づき、クロウは慌てて手を離し、起き上がった。

「おはようございます。すみません、寝ぼけていて……」

「構わん。それよりおまえは朝餉《あさげ》の準備をしろ」

「はい、ただいま」

バラウルの声が、心地よく脳に響く。

乱れていた服を整え、クロウは持ってきた鞄を漁《あさ》る。干し肉とハーブはまだ少しある。ほかにはドライフルーツと硬いパンがひとつ。

少し迷って、パン粥《がゆ》を作ることにする。

「バラウル様、すみませんが火と水を……」

魔法が使えないため、バラウルに頼もうと思って振り返ると、すぐ後ろに覗き込むように立っていて、思わず「わっ」と声が出てしまった。下手をすれば、顔同士がぶつかっていたかもしれない。

「驚かせたか？　作っているところを見てみたくて」

「ああ、そういうことなら。でも特段珍しいものではないですよ」

小鍋に細かくちぎったパンを敷き詰め、そこに干し肉とドライフルーツとハーブを乗せる。材料が浸《つ》かるくらい水を入れ、あとは火にかけて煮えるのを待つだけだ。味つけは食べるときに塩を振ればいい。

「本当は水じゃなくて牛乳があったらいいんですけど、材料がなくて」

「牛の乳か」

「そっちのほうがまろやかになって美味《おい》しいんです」

鍋の底が焦げないように混ぜながらクロウは言った。

「食材はいろいろあったほうがいいんだな」

「それはもちろん。今はあるもので作ってますけど、本来ならバラウル様にはもっといいものを食べてもらわなくては」

たとえば、母がクロウの誕生日に作ってくれていた、豪勢な料理のような、そういうものがバラウルには似合う。

しかしバラウルは「別におまえと同じものでいい」と首を振った。

「おまえが食べたいものを作ればいい。材料がないというのなら、南の街で買ってくればいいしな」

「街、ですか……？」

クロウは生まれてから今まで、ガルズ村を出たことがない。ガルズ村よりももっと大きくて栄えたところだとは聞いていたが、どんな場所なのか、見当もつかなかった。

「行ったことはないのか？」

「ないです。僕は村を出たことがありませんから」

村どころか、家からまともに出たのはここ一年のことだ。父が亡くなってすぐ家から自由に出られるようにはなっていたが、自分が呪われた子だと奇異の目で見られることを知ってからは、自主的に外に出たことはなかった。

たまに母が買い物に連れていってくれたことはあったが、それもお金という流通の仕組みを教えるためだけで、クロウがお金の使い方を覚えると、行きたくないと言えば無理に外へ連れ出すこともなかった。

母が亡くなってからは、生きるために家から出なければならなかったが、相談する相手もおらず、話しかけてもまともに答えてもらえなかった。

唯一救いだったのは、食料品を仕入れていた店が、クロウにも食材を買わせてくれていたことだ。店主にほしい食材を書いて持っていき、いくらか聞いたあと、代金を手渡す。世間話もなく、たった二言のやりとりだったが、ほかの店はクロウが店に入るのも許してはくれなかったことを思えば、かなり良心的だったのかもしれない。

——クロウ、すまない。

ふと、ここへ来るまえに見送りに来ていた男の声が耳に蘇った。あのときは見覚えがないと思っていたが、よくよく思い出してみれば、あの声はもしかしたら、食料品店の店主の声だったかもしれない。

だとしたら、最後まで良心的な男だった。

ぐつぐつと、鍋の水が煮立っていく。もう少し干し肉がほぐれれば、完成だ。

「今度行ってみるか？」

思い出に浸っていたクロウに、バラウルが言った。

「え？」

「街に、だ。そもそもここで生活していこうと思うなら、必要なものを集めなくてはならないだろう。この祠は使えそうもないから家もつくってもらわねばならんし、寝台や、食事のためのテーブルもいる」

確かに、いくらバラウルがいるからといって、眠るときも彼の体温に甘えたままではいられない。クロウがここで生きていくには、まず家が必要なことは間違いない。

「ですが、僕には……」

家を建てるにしても、買い物をするにしても、クロウには身銭がない。もう死ぬのだからと残ったお金はすべて家に置いてきてしまった。食料以外に持ってきたのは、両親の形見の指輪だけだ。これを売れば多少のお金にはなるだろうが、売るつもりは毛頭なかった。

働いて稼げればいいとは思うが、呪われた子を雇ってくれるような人間が果たしているのだろうか。

バラウルの世話をすると豪語しておきながら、クロウには料理以外何もできないことを今さら悟る。しかも、その料理でさえ、材料すらまともに買ってこられないという有様だ。

このままでは、バラウルの命令もまともに遂行できないのではないか。

美味しい料理を食べてもらおうと思っていたのに、自分はなんて無力なのだ。

途方もない不安が、胸を襲う。

ガンガンと頭が痛み出した。さらには呼吸までもまともにできなくなり、クロウは倒れるようにその場に崩れ落ちた。

「クロウ……ッ」

もう少しで地面に頭がぶつかる、というところで、バラウルがクロウを抱き留める。

「バラ、ウル様……、ひっ、ごめんなさい……っ」

また迷惑をかけてしまった。どうして自分はこんなにも情けないのだろう。じわりと涙が滲み、目のまえのバラウルの顔がぐにゃりと歪む。

「謝ることはない。どうしておまえが謝るんだ。そんなに街には行きたくないのか？　それとも家がほしくないのか？」

焦ったように、バラウルが訊く。

「いいえ、は……っ、そうではなく、僕にはお金もないし、このままではバラ、ウル様に、迷惑しかかけないのではと、思ったら……、頭が……、ぐっ」

「無理に喋《しゃべ》らなくていい。まずは呼吸を落ち着けろ」

クロウを膝に乗せると、頭をそっと抱き寄せ、バラウルは痙攣《けいれん》する背中をやさしく撫ではじめた。昔、母にあやされたときのことをクロウは思い出した。泣きじゃくるクロウを、母はこうして抱いて、泣き止むまで背中を撫でてくれていた。

「お母さん……」

思わずつぶやいた言葉に、バラウルが言う。

「俺はおまえの母親ではないが、甘えられるのは嫌いではない。迷惑ではないし、今さら帰るなんて言われても、帰す気はないからな」

ぶっきらぼうだが、手つきと同じく、やさしさの籠もった声だった。

本当に、そう思ってくれているのだろうか。半信半疑で、クロウは彼の肩口から顔を起こして確かめた。

「ん？　もう大丈夫なのか？」

宝石のような赤い瞳は、視線が合うと三日月のように細められた。そこには嫌悪感や面倒そうな色は微塵《みじん》もなく、クロウはほっと息を吐いた。乱れていた呼吸も、安心した途端元に戻り、頭痛もだんだんと引いていく。

「ご迷惑を、おかけしました」

クロウが言うと、背中を撫でていた手が止まった。しかし、バラウルは膝の上からクロウを下ろさないまま、「食事にしよう」といつの間にか火が止められていた小鍋を手にした。

「あっ、火を切ってくださっていたのですね。噴きこぼれずに済みました。ありがとうございます」

いつまでも乗っているわけにはいかないし、食事をするにはこの格好のままでは難しい。クロウはバラウルから離れようと脚に力を入れるが、バラウルがそれを引き戻して言う。

「母親が恋しいのなら、俺が真似事をしてやる」

そして何をするかと思えば、器用に片手で小鍋から皿にパン粥を移し、スプーンでそれを掬《すく》うと、クロウの口元に差し出した。

「おっと。まだ塩を振ってなかったな」

思い出して塩の入った小瓶を傾け、パラパラと振りかける。

「ほら、〈口を開けろ〉」

言われた途端、クロウの脳が出会ったときのように、とろとろと恍惚《こうこつ》に蕩《とろ》け出す。

まれる。

——彼の命令を聞かなければ。

その衝動に駆られ、いつの間にかクロウは口を開いていた。そこへ、スプーンが差し込まれる。

「どうだ？　辛くはないか？」

「ちょうどいいです」

ふわふわした心地のまま、それからクロウは運ばれるままにパン粥を口にした。

気づけば皿のパン粥をきれいに食べ終えていて、「〈いい子だ〉」とバラウルが褒めるのを、夢見心地で聞いていた。

幸せとは、こういうことをいうのだろう。それに爪先《つまさき》から頭までどっぷりと浸かって、自分の存在まで肯定された気分になる。

「もっと食べるか？」

「いえ、もう十分です」

そう答えたところで、はっとする。バラウルのために作ったのに、先に自分が食べてしまった。

「あ、あの、バラウル様もよければ召し上がってください」

「ああ」

クロウが使った皿に再びよそい、スプーンもそのままで食べはじめるのを見て、クロウ

はかあっと顔を赤くした。

どうして照れるのか、自分でもわからないが、バラウルが自分の口をつけたものに触れるのが、妙にクロウを落ち着かなくさせた。

「街には薬草や毛皮を買い取ってくれる店がある」

まだ半分夢の中にいたクロウに、バラウルが言った。

「山で狩りをして、それを売ればいくらかにはなるだろう。その金で食材を買ってくればいい。家をつくる資金にもなる」

「えっ、だれでも物を売れるんですか？」

「ああ。まえに街に下りたときは、そういう類《たぐい》の店はいくつもあった。多分今もあるはずだ」

「……僕は、拒絶されないでしょうか」

不安になって、だが先程までの狼狽《ろうばい》はなく、クロウは確かめるように訊いた。

クロウのこの黒い髪と瞳は、ガルズ村では呪いだと言われている。人間は皆、銀色の髪と青い瞳だろうから、きっと街に行っても浮いてしまうだろう。バラウルは神竜だから、例外的に金色の髪と赤い瞳だが、街に行くときは魔法で変装をしているのかもしれない。

しかし、バラウルは心底不思議そうに首を傾げた。

「なぜだ？　おまえが拒絶される理由などないと思うが」

「でも、僕はこのとおり、黒い髪と瞳なので……」

「それがどうした。そんなの、珍しくもなんともないだろう」

「え……？」

聞き間違いかと思った。珍しくもなんともない？

「皆銀色の髪ではないのですか？」

慌てて訊き返すと、バラウルは何かを察した様子で、ぎゅっと眉《まゆ》を寄せて険しい顔になった。

「人間にはいろいろな人種というものがある。俺のような金髪もいれば、銀髪、赤毛、栗毛、それに、おまえのように黒い髪の人間もいる。瞳の色もそうだ。青や緑、赤、紫、黒。俺が知っているだけでもそれだけある。街にもいろいろな種類の人間が混じっているから、クロウがいてもだれも何も言わない。それよりも――」

クロウを抱くバラウルの手に、力が入った。

「まさかとは思うが、その黒髪のせいで村の人間から酷い扱いを受けていたのではあるまいな？」

居場所がないと言っていたのは、そのせいだったのかと問われ、クロウはびくりと身体を跳ねさせた。

呪われた出来損ないだと言われていたことをバラウルが知ったら、呆れられるかもしれない。

　クロウは今まで、村の人間に無視され、疎まれてきた。それは自分の見た目が悪いのだから仕方のないことだと思っていたし、母からも「そんなふうに産んでごめんね」と何度も謝られた。

　だから全部自分がこんなふうに生まれてきてしまったのが悪いのだと。

　それを疑問に思うことすらせず、魔法さえも、他人が簡単にできることができないから出来損ないというレッテルを甘んじて受け入れてきた。

　しかしバラウルは、それは違うと言う。

　クロウの魔法は希少なものだし、黒い髪も瞳もどこにでもあるのだと。

　それを聞いて、クロウは嬉しかった。だが、それと同時に、恐くもあった。

　真実を知ろうともしないで、虐げてきた村の人たちに反抗することなく、流されていた自分を知られるのが、恐い。

　あまりにも愚かだと、呆れられるかもしれないと思うだけで、また頭が痛みそうになる気配がした。

「もしそうだとしたら、俺は村の人間を許さない」

　しかし、クロウの頭痛はバラウルの言葉によって寸前で打ち消された。

「村の人間であっても、街に行ったことがないはずがないのに、髪が黒いだけで拒絶するなど、あまりにも愚かだ。銀髪の集団の中にたまに先祖返りで黒が生まれる可能性だってある。そのせいで居場所がないなどと言うのなら、おまえはとても可哀想《かわいそう》な子どもも時代を過ごしていたのだろうな」

もっと早くにここに来ていればよかったのだ。バラウルはそう言って、忌々しげに舌打ちをした。

「……っ」

それだけで、心臓が痛いくらいに引き絞られた。そしてそこから、温かな感情がじんわりとクロウの中に広がっていく。

——自分のために、こんなふうに怒ってくれるなんて。

「僕を愚かだとは思わないんですか？」

「馬鹿なことを訊くな。可哀想だと思いこそすれ、愚かなどとは思わない。まあ、自己評価が低すぎるから、まずは自信を持つ必要はあるとは思うがな」

バラウルの手が、わしゃわしゃとクロウの髪の毛を掻き回す。

「艶《つや》のあるやわらかくていい髪だと俺は思う。その瞳も、宵闇のようで美しい」

そんなこと、ただの一度も言われたことがない。

クロウは慣れない褒め言葉に顔を赤くし、唇を噛みしめて俯いた。バラウルも自分が気《き》障《ざ》なことを言ったことに気づいたのか、気まずそうに咳払《せきばら》いをした。

「……とにかく、今日は狩りだな」

バラウルが言い、クロウを横抱きにして立ち上がり、それからゆっくりと彼を地面に下ろす。

「がんばって薬草、いっぱい採ります」

高揚した気分で、クロウは頷いた。

「薬草だけだと大した金にはならんぞ」

バラウルが肩をすくめ、言った。

「でも、僕はあまり狩りが得意ではないので……。村にいたときも、獲物が罠《わな》にかかるのを待つしかありませんでした。だから肉を食べられるのはひと月に二、三度で」

クロウにとって、肉は貴重だった。家庭菜園で野菜は賄えたが、家畜を育てるほどの土地もなかったため、肉を得るには基本的には罠か、あるいは店に買いに行くしか方法がなかった。

狩りができれば、毛皮も肉も手に入り、それを売ってお金も手に入るのだろうが、どうすればいいのかクロウは知らない。

「だったら、俺が狩ってこよう」

そう言ってバラウルが手のひらの上に小さな竜巻を起こした。確かに彼ならば狩りくらい造作もないことなのだろう。

だが、神竜である彼にそんなことをさせてもいいのだろうかという迷いがクロウにはあった。そもそも神竜は、アレスの地を豊かにするための存在だと聞いている。それなのに、そこに生きる動物を狩るのは本意ではないはずだ。

「そんなこと、バラウル様にさせるわけには……。生き物を殺す、なんて」

「それらを食べるというのに、何を今さら。それに心配せずとも、俺が狩るのは、もうどうしようもなくなった獣たちだけだ。脚を折って動けなくなった鹿や馬、病気で弱った兎《うさぎ》や猪《いのしし》。そういったものたちは、痛みもなく殺してやるほうがむしろ苦しまなくて済むだろう?」

「確かに、そうかもしれませんが……」

本当に甘えてしまっていいのだろうかとクロウが躊躇《ためら》っていると、バラウルはそれを諾と捉《とら》えたのか、クロウに背を向けて歩き出す。

「おまえは薬草を採ってこい。一刻後に戻る。くれぐれも怪我はするなよ」

それに流されるように、クロウは「は、はい」と返事をし、自分も山頂から薬草が生えていそうな場所を目指して歩き出した。

クロウが登ってきた北側の道は草木も低く、薬草はほとんど見つからなかったが、ガルズ村と反対のほうの南の傾斜には、陽がよく当たるのか、見たこともない種類の植物が生えていて、毒草かどうか判断がつかないまま、クロウはとりあえずそれらを摘《つ》み採って戻ることにした。バラウルならきっと毒草かどうかを判別してくれるだろう。

「……ふう。こんなものかな」

鞄いっぱいになった植物を見て、クロウは息をついて立ち上がった。正午に近づいて陽が高くなり、気温も上がってきている。そろそろバラウルも戻っている頃だ。

そして急いで山頂に戻ったクロウを待っていたのは、すでに毛皮と肉になった動物たちの山だった。

「これ、全部取ってきたんですか⁉」

鹿や兎だけでなく、大きな熊の毛皮までも積み上げられていて、クロウは瞠目《どうもく》した。

「ああ。これだけあればひと月は生活に困らないだろう？」

「十分すぎます……！」

これだけの肉があれば、毎日だって肉料理を食べられる。

「それならよかった。おまえは少し細いからな。肉を食べればもう少し身体つきもよくなる」

「そんなに貧相でしょうか」

その問いに、ふっとバラウルは笑って、クロウの薄い背中をばしんと叩いた。

「わっ」

その衝撃にたたらを踏むと、バラウルが「ほらな」と意地の悪い顔で言った。悔しいが、彼の言うとおり自分は少し貧弱なのかもしれない。クロウは言い返せずに顔をしかめ、項《うな》垂《だ》れた。

「……これからは、バラウル様に叩かれてもふらつかない屈強な男になります」

クロウが誓うと、その姿を想像したのか、バラウルが顔を歪めた。

「さすがにそこまでは求めていない。おまえの子どもらしい顔で身体だけ鍛えられていても、妙な感じだ」

「そんな……」

「なに、ここで生活しているうちにちょうどいい身体になる。それより、薬草は採ってきたのか？」

本当にそうだろうかと半信半疑のまま、クロウは鞄を広げてバラウルのまえに採ってきた植物を並べた。

「初めて見るものが多くて、どれが薬草なのかわからなかったので、見つけたものを片っ端から摘んできました。バラウル様、ご存知ですか？」

クロウが訊くと、バラウルは植物を選《え》り分け、丁寧に特徴を説明しながら、薬草と毒草を教えてくれた。

「こちらの葉の裏が紫のものは、一見毒がありそうだが鎮痛の効能がある薬草だ。乾燥させて茶にして飲むといい。それからこちらの丸い葉のものは食べられそうな見た目だが実は毒があって――」

そしてすべて教え終わると、バラウルはせっかく分けていた植物を再び混ぜ、クロウに選り分けてみろ、と指示を出した。

従わねば、という強い使命感に襲われ、クロウは目のまえの植物にさっと手を伸ばした。昔から、魔法以外のことに関しては物覚えがいいほうだ。外に出られないぶん、家にある本はすべて何度も目を通したし、諳《そら》んじることもできる。母に一度言われた言葉も、決して忘れたりはしなかった。

「えっと、これは毒草で、こっちは腹痛に効く薬草、これは鎮痛で……」

てきぱきと分けていくクロウに、バラウルは感心したように手を叩いた。

「すごいな。一度で全部覚えたのか」

「はい。バラウル様に教えてもらったことなので、決して忘れたりはしません」

「〈いい子だ〉」

なんの迷いもなく正解したクロウに、バラウルの手が伸びてくる。髪を撫でられ、クロウはうっとりと目を閉じた。

バラウルに褒められると、蕩けそうなほど気持ちがいい。麻薬みたいだとふと思う。使ったことはないけれど。

「街に行ってみるか」

訊かれ、少し返答に迷ったが、クロウははっきりと頷いた。バラウルがいるのなら、きっと大丈夫だ。それに、自分と同じ黒髪の人間がいるのなら、見てみたい。

「よし。では俺の背に乗れ」

そう言ったかと思うと、バラウルは竜の姿になり、手で毛皮を掴んだ。背に乗るなど畏れ多いと遠慮しようとしたが、「徒歩だと一日かかるだろう」と言われ、納得するほかなくなってしまった。

薬草を鞄に詰め、「失礼します」とバラウルの逞しい背中によじ登る。

「落ちないように角を掴んでいろ」

「でも、そうしたら背中ではなく首に乗ることになります」

「構わん。おまえひとり乗せたところで折れるものでもない」

本当にいいのだろうかと思いつつ、だがほかに掴むのにちょうどいいところは見当たらなかった。恐る恐る角を掴むと、ひんやりと冷たく、ざらざらと不思議な感触がした。

「飛ぶぞ」

バラウルが翼を広げ、ばさりと羽ばたく。ふわりとした浮遊感に、胃の辺りがさあっと冷たくなって、クロウは慌てて角を持つ手に力を入れた。

「飛ぶのは初めてか」

「当たりまえです……っ」

だんだんと地面が遠くなり、そのぶん恐怖も大きくなっていく。

「落ちたら即死、ですよね……」

「そのときは地面に叩きつけられるまえに拾ってやるさ」

ははっと愉快そうにバラウルが笑い、さらに上空へと舞い上がった。クロウは思わずぎゅっと目を瞑る。

「ひ……っ」

「慣れればいい眺めなんだがな」

本当だろうか。薄目で下を見てみるが、木々が造り物のように小さくなっているのがわかって、ふっと失神しそうになる。しかし手を離せば落下は免れない。角を握り直し、クロウはぴったりとバラウルの首に貼りついた。

それがおかしかったのか、バラウルがくつくつ笑う。

「臆病《おくびょう》なやつだ」

「そんなこと言われても、恐いものは恐いんです……っ」

「だが慣れてもらわなくては困る。街に行くたびこうでは、おまえも大変だろう」

少しずつでもいいから目を開けて慣れておけと促され、クロウは渋々まぶたを開く。風が頬を掠めていき、その圧に怖気《おじけ》づく。

しかしやがて、緑一色だった景色が拓《ひら》け、色とりどりの屋根が見えてくると、クロウの

目は輝き出した。

「あれが今から行く街だ。名前はアクラキャビクという」

「すごい……。見たことがない建物がたくさん……！」

「おまえの生まれ育った村は特に田舎だからな。ここは物流も技術も発展していて、しかもほとんど魔法が使えない人間ばかりだ。炊事場は主にコンロとかいう道具で火を扱っているらしい。魔法がなくとも、自由に火が出せるそうだ」

「そんな便利な道具が？」

飛行の恐怖はどこへやら、クロウはすっかりバラウルの話に夢中になっていた。

「ひとまず俺のこの姿を見られないように、少し離れた森に降りるとするか。クロウ、しっかり摑まっていろよ」

そう言って、バラウルは身体をまえに傾け、翼を畳んだ。風圧がさらに強くなり、目を開けていられなくなる。

「うう……っ」

地面に向かって下がっていく感覚が、クロウを再び恐怖に陥れる。しかしそれは一瞬で、気づけば広葉樹の広がる森の中に、バラウルは静かに着地していた。

「ほら、着いたぞ」

「あ、ありがとうございます……」

降りやすいようにと、バラウルは頭を地面に近づけた。浮遊感が抜けないままクロウは地面に降り立つ。だが、ふわふわと足元が覚束《おぼつか》ない。それを人間の姿になったバラウルが支え、労《ねぎら》うようにクロウの頭をやさしく撫でた。

「よくがんばったな」

「はい……」

バラウルの称賛は、クロウにとってはまさしく褒美だ。撫でられるだけで幸福感が胸を満たす。できればずっと撫でていてほしいが、うっとりと目を閉じていたクロウにバラウルがいたずらっぽい声で言う。

「帰りもがんばれよ」

「……はい」

帰りもあるのを思い出し、クロウは渋面になった。表情がくるくると変わるクロウを笑って、バラウルが歩き出す。

「こっちだ」

その手には山盛りの毛皮があり、クロウは慌てて「持ちます」とにじり寄った。

「おまえはすでに薬草を持ってるだろう。それに、そこまで重くはないから気を遣わなくともよい」

「ですが、バラウル様に持たせるわけには……」

クロウが引き下がらないとわかると、バラウルは鼻で息をつき、「じゃあ半分持ってくれ」と妥協して毛皮を差し出した。

「はい！」

剝《は》いだばかりの毛皮は、もっと重くて臭いものだと思っていたが、バラウルが風魔法で乾燥させたのか、ふんわりとしていて軽かった。匂いもなく、持っていても不快ではない。

「毛皮を売ったら、夜まで散策してみるか。俺もこの街は数年ぶりだから、見たいものが多いしな」

「僕も楽しみです」

バラウルに聞いたところによると、街には屋台が並んでいて、そこでいろいろな料理が売られているのだという。料理だけではなく、酒、装飾品や花、異国の珍しい道具もあって、夜も灯りが絶えないらしい。

「夢のようなところですね」

「ああ。何度通っても飽きない」

そしてバラウルの言うとおり、街が近づくにつれ、お腹の空《す》くいい匂いが漂ってくる。

朝もしっかり食べたはずなのに、ぐう、とクロウのお腹が鳴った。

「すみません……」

恥ずかしくなって俯くと、バラウルが笑った気配がした。

「早く毛皮を売って屋台を巡るか」

「はい」

街の入口には大きな門が建っていた。だが開かれっ放しのようで検問されることもなく、クロウたちはすんなりと街の中へと入ることができた。

見たこともない形の建物に、道の上に張り巡らされた線にぶら下がるランタン、どこからともなく流れてくる楽しげな音楽。多くの人たちの喧騒《けんそう》。

「わあ……」

それらすべてに、クロウは感嘆した。そして何より、クロウを驚かせたのは、人々の見た目だった。

「銀髪じゃない……」

バラウルが言っていたことは本当だったのだ。

金、茶、赤と、様々な髪色で、瞳も青だけではなく、緑だったり茶色だったりと様々だ。肌の色も顔つきも、それから服装も、驚くほどにバラバラだった。

「だから言っただろう？　おまえは別に変ではないと」

「……、はいっ」

その証拠に、だれもクロウをじろじろと眺めたりしていない。街の一部のように、クロウは馴染《なじ》んでいる。

胸を突き上げる衝動に、泣いてしまいそうだった。

「さあ、買い取ってくれそうな店を探そう」

バラウルの大きな手が、クロウの背中を押した。声を出せないまま、クロウは頷いて洟《はな》をすすった。

「いらっしゃい！　安くしとくよ！」

「お兄さん、これ買っていかないかい？」

一歩踏み出すたびに、道の両側からそんな声が絶えずかかる。

「あっ、えっと……」

活気に気圧《けお》されるクロウとは反対に、バラウルはそれらを軽く往《い》なすと、「なあ、毛皮と薬草を売りたいんだが、買ってくれる店はどこにある？」と逆に質問し返していた。

「おお、こりゃあ上等な毛皮だな。一本裏の通りに装飾品店があるから、そこなら買い取ってくれるかもな。あるいは、この突き当たりの貿易商のところか……。うん、そっちのほうが羽振りがいいかもしれない。薬草は西の門のまえの薬屋が適正価格で買い取ってくれるはずだ」

親切に、串焼き屋《くしや》の男が答えてくれる。

「ありがとう。売ったら必ずここに買い物に来る」

バラウルが礼を言うと、男は爽《さわ》やかな顔で笑って親指を立てた。

「待ってるぜ！」

クロウもぺこりと頭を下げてから、バラウルのあとを追う。

「……いい人でしたね」

「商人は気前がいいからな。基本的に客には友好的だ」

「なるほど」

串焼き屋の男に聞いたとおりに道を進むと、それらしき貿易商の店が見えてきた。様々な色の硝子を組み合わせて作った窓が特徴的で、派手な鞄やら帽子、丁寧な細工の施された手鏡、どこにつけるかわからないギラギラした金色の輪っかなどが店のまえの車輪付きの台に並べられている。どれもこれも、見たことのないものばかりだ。ガルズ村がどれほど厭世的《えんせいてき》で未発達だったのか、クロウは知った。

「派手な店ですね」

「数年前よりかなり進歩しているようだ。鉄砲もかなり小型化したな。まえは俺の腕ほどもあったのに」

人間の成長は凄《すさ》まじいな、と感慨深げにバラウルが言い、鍵《かぎ》付きの硝子ケースにしまわれたよくわからない小さな道具をしげしげと見つめた。

「いらっしゃい。何をお探しで？」

店の奥から店主と思《おぼ》しき中年の男が出てきて、バラウルに声をかけた。そしてバラウルの赤い瞳を見ると、「おやまあ」と驚嘆の声を上げた。

「珍しい色の瞳だ。異国の人かね？」

「まあ、そのようなものだな」

次にクロウに顔を向け、店主はさらに驚いた顔になる。

「こちらのお若いのは、もっと珍しい黒髪に黒い瞳だ。おまえさんも異国の人かね？」

「いえ、僕は……」

珍しい、と言われ、クロウの心臓が嫌な音を立てて跳ねた。

――呪われた子。

そう指摘されたらどうしよう。自分のせいでここでも拒絶されたらと思うと、身体がどんどん冷たくなっていく。

しかし、店主はにっこりと笑うと、言った。

「東の国では、黒い髪と黒い瞳は美しさの証《あかし》と言われている。世界三大美人に数えられるアマテルヒメは、おまえさんと同じ黒い髪に黒い瞳だったそうだよ。いやあ、生きているうちにいいものを見られた。握手してもらってもいいかね」

「え、あ、はい」

奇妙どころか、まさか喜ばれるとは。初めての反応に、クロウは戸惑いながらも店主と握手を交わす。

それで満足したのか、彼は上機嫌のまま訊いた。

「ああ、そうだった。何かご入用で？」

「この毛皮を買い取ってほしいんだが」

バラウルが抱えていた毛皮を空いていたテーブルに載せると、店主はすぐに職人の目つきになって顎に手を遣った。

「なかなか上等なものだね」

毛皮を一枚一枚手に取り、毛並みと裏側の状態を細かく確認する。

「鹿だけじゃなく熊もあるなんて。一体こんなに綺麗な状態の毛皮をどうやって手に入れたんだ？」

「たまたま弱った個体がいたんだ」

「それは運がよかった」

納得して頷くと、店主は玉のたくさんついた四角い木枠を指で弾いて、「金貨二枚と銀貨五十枚、といったところかな」と査定金額を述べた。

「金貨二枚⁉」

それに驚いたのはクロウだ。

クロウが村に置いてきた残金は、せいぜい銀貨十枚ほどだった。金貨一枚だと、三年は楽に暮らせる。

「おや、少ないかい？」

店主が片眉を上げ、訊いた。

「いえ！　とんでもない。すごい金額だから驚いただけで……」

「それなら、これで買い取らせてくれるかい？」

窺うようにバラウルを見上げてみれば、頷きが返ってくる。

「はい、ぜひ」

クロウが答えると、店主は奥からお金を持ってきて、一枚一枚数えながらクロウに手渡した。

「ぜひまた毛皮が手に入ったらうちに来ておくれ」

丁寧に店先まで見送られ、クロウは何度も頭を下げながら店をあとにした。

「……はあ、すごいな」

見た目で喜んでもらえたことはもちろん、大金が手に入ったことでそわそわと落ち着かない気持ちになった。

何か変な感じだ。一日で自分の価値観がまるごと変わってしまった。まったく知らない人に言われたからこそ、お世辞でも慰めでもないのだと余計に実感する。

「これでさっきの串焼きが食べ放題だ」

バラウルがニヤニヤと口元を緩めながら言う。

「これもバラウル様のおかげです」

満面の笑みでクロウは礼を言った。すると一瞬、バラウルの足が止まり、それからどうしてか顔の下半分を手で覆った。

「バラウル様？」

「……、なんでもない。次は薬屋だ。早く売り払って街を見るんだろう？」

急《せ》かすように言われ、クロウは早足で進みはじめたバラウルの背を追いかけた。

薬屋では、珍しいものばかりだと喜ばれ、クロウが採った薬草は銀貨三十枚で売ることになった。

そこでも同じように、「採ったらぜひまたうちに来てくれ！」と依頼され、クロウはくすぐったい気持ちになった。

自分がしたことで、こんなにも喜ばれるとは。

「よかったな」

「はい！」

それから約束どおり串焼き屋に戻り、勧められるままいろいろな種類の串焼きを買った。ほかにも見たことのない食べ物たちを買っては、食べ歩きながら街を散策した。

買い物も捗《はかど》った。簡素な服しか持っていなかったクロウに、バラウルがやたらと高級な服を着せたがったため、着たことのない絹の服を五着も買うはめになった。いつも穿《は》いていたダボダボのチルとは正反対の、ぴったりとしたジーンズという硬いズボンも買った。これが遙《はる》か西の国で流行《はや》っているらしい。

「本当にこれが最先端なんですか？」

「服屋が言うからそうなんだろう。アクラキャビクはこの国の要所だ。港にも面しているからいろいろなものが手に入る。最新の情報も流行もな」

そして気づけばすっかり陽が落ちていて、しかし街はランタンの灯りでキラキラと明るいままだ。あれも魔法などではなく、人間の知恵と技術の賜物らしい。ここでは魔法などなくとも、自由に暮らしていける。

広場に置かれた長椅子《ながいす》に座り、わいわいと未《いま》だ騒がしい街の様子を眺め、クロウはほうっと息を吐いた。

「こんなに楽しいのは、生まれて初めてです」

だれの目も気にせず、普通の人間として、人の多いところを歩き回る。人と会話をして、笑い合って、感謝される。

こんな日が訪れるとは、昨日まで想像もしていなかった。

「バラウル様。ここに連れてきてくれて本当にありがとうございます」

「礼を言われるほどのことではない。これからも何度も来るしな」

ふっとバラウルは笑い、酒の入ったグラスを傾けた。

「……お酒、僕も飲んでみたいです」

今までは父のせいもあって、酒にあまりいい印象はなかった。しかし、バラウルや周りの大人たちが美味しそうに飲んでいるのを見て、クロウも少し興味が湧《わ》いた。それに、自分ももう成人したのだから、酒が飲めることを思い出したのだ。

「子どもにはまだ早い」

眉間にしわを寄せ、バラウルがしっしと手を振った。

「僕、このまえちゃんと十八になりました。子どもじゃありません」

クロウが反論すると、バラウルは逡巡《しゅんじゅん》し、「一口だけだぞ」とグラスを差し出してきた。

飲んでもいいということらしい。

「いただきます」

まず、くん、と匂いを嗅《か》いでみる。甘いような酸っぱいような香りがしたと思えば、揮発したアルコールを吸い込みすぎてクロウは噎《む》せた。それを見て取り上げようとバラウルが手を伸ばしてくる。だが、それを手で制すと、一口だけ口に含んだ。

「……っ、けほっ」

カッと喉《のど》が焼けるように熱くなり、思わず咳《せ》き込んでしまった。

「ほら、まだおまえには早い」

今度こそグラスを取り上げ、バラウルが呆れた顔をした。それがなぜか、無性に悔しい。

「慣れなければいつまでも飲めないでしょう？」

言い訳のように言って、クロウはグラスを奪い返す。そして残っていたグラスの中身を一気に呷《あお》った。

「おい……っ」

慌ててバラウルがクロウの手を止めたが、もう遅い。酒はすべて飲み干されていて、あっという間にそのアルコールの強さに顔を赤くしたクロウができあがった。

「おまえな……」

はあ、と盛大なため息をつき、バラウルが立ち上がる。そのままテーブルを去ろうとしたので、クロウは思わず裾《すそ》を引いた。

「どこに行くんですか？　ひょっとして僕が勝手にお酒を飲んだから……」

——嫌いになって置いていこうとしているのでは。

そんな不安が、胸をじわじわと侵食していく。いつもの持病かはたまた酒のせいなのか、ズキズキと頭が痛む。

「馬鹿。水をもらってくるだけだ。酒を中和するには水分を摂《と》るしかない」

「本当に……？」

視界がくらくらと回って、バラウルに視点が合わない。今ここに捨て置かれたら、きっと追いかけることすらできないだろう。

「う……」

　力なく、クロウの手がバラウルの服から滑り落ち、離れた。たったそれだけのことに、泣きたくなる。

「いい子だから、少し待っていろ」

　そう言ったバラウルの背中が、ぼやける視界の中、遠のいていく。行かないで、と口に出そうとして、けれどその声は掠れ、言葉にはならなかった。

　頭が割れるように痛い。こんなことなら意地を張らずに飲むのをやめておけばよかった。自分の限界を見誤って失態を見せるようでは、自分はまだまだ子どもだ。彼にそう言われるのも無理はない。

「バラウル、様……」

　ごめんなさい、といない相手に向かって言おうとしたそのとき、こつん、と額に冷たいグラスが押し当てられた。

「ほら、〈飲め〉」

　はっとして顔を上げると、苦笑を浮かべたバラウルがクロウを見下ろしていた。戻ってきてくれたのだ。クロウは安堵してグラスを受け取り、酒と同じように一気に飲み干す。

「……っ、はぁ」

「〈いい子だ〉」

水の中に柑橘類《かんきつるい》でも入っていたのか、喉を清涼感が駆け抜けた。そのおかげで、すっと痛みも引いていく。ただ、まだ少し目の奥がぼんやりする。

「おまえは根本的に酒に弱すぎる。慣らすにしても、一口ずつだな。グラス一杯なんてもってのほかだ」

咎《とが》めるようにバラウルが言う。

「すみません……」

反論の余地もない。謝るクロウの頭に、やさしい手が下りてくる。

「まあ、時間はたっぷりあるんだ。山に帰ってからも試してみればいい」

「バラウル様」

「ただし、俺がいるときだけだ」

「もちろんです」

ひとりで酒を飲んだって、きっとつまらない。そもそもバラウルと同じことがしたくて飲んでみたかっただけだ。

「……そろそろ帰るか」

「はい」

返事をしてクロウが立ち上がろうとすると、ふらっと身体が傾いだ。どうやら酒が足にまできているようだ。咄嗟に隣にいるバラウルの腕に縋る。

「ご、ごめんなさい。もう少し休んでもいいでしょうか……」

「歩けそうもないか。仕方がないな」

そう言うや否や、バラウルはひょいっとクロウの背中と脚に手を回したかと思うと、クロウを横抱きにした。あまりのことに、クロウはしばし言葉を失った。自分がバラウルに抱えられていると理解したのは、彼が歩き出し、周囲の人たちからからかうような言葉をかけられてからだった。

「おっ、兄ちゃん、酒に酔わせてお持ち帰りたぁ、やるね」

ニヤニヤと下卑た顔で言われ、クロウははじめ首を傾げた。一体どういう意味だろう、と。しかし、「おや、男の子かい。それじゃあ子づくりはできないね」という一言に、先程の言葉が何を示していたのか悟った。

「いや、でも男の子相手というのもなかなか……」

「ち、違います！」

下世話なことを想像するのは、バラウルへの侮辱だ。自分のせいでそんな汚い言葉までかけられてしまった。

これ以上誤解されるのは、とクロウは下りようともがくが、「おとなしくしろ」とバラウルが腕に力を入れてしまったせいで、叶《かな》いそうもなかった。動けば動くほど酔いも回るし、バラウルの手からはどのみち逃れられない。無駄な抵抗だと気づき、クロウは息をついて身体の力を抜いた。それでいい、とバラウルが言った。

「買い物も済ませたし、今日は帰ってゆっくり休むんだな」

「ご迷惑をおかけします」

「そのぶん明日からきびきび働いてもらうから、気にするな」

「……はい」

口を開くと謝罪ばかりが出てしまいそうで、クロウは黙ってバラウルの胸に顔を埋《うず》めていた。たまにちらちらと窺うバラウルの横顔は、やわらかな街灯の炎に照らされ、より精《せい》悍《かん》さが増しているように見える。

同じ男でも、見惚れてしまいそうな格好よさだ。今日も時折バラウルに対しての女性たちの熱い視線を感じていたが、改めて、さもありなんだと思う。

もし自分が女で、生贄としてではなく神竜の嫁としてアレスの山頂に向かっていたら、彼を一目見た途端に、不安など消し飛んで喜んで身体を差し出していただろう。

――それじゃあ子づくりはできないね。

ふいにからかいの言葉を思い出し、クロウはびくりと身体を硬くした。まさに今、侮辱されたことを自分が想像してしまっている。

「どうした？」

緊張が伝わったのか、バラウルがクロウを覗き込んできた。

赤い瞳と視線が合い、考えを見透かされそうな気がして、クロウはふいっと顔を背けて唇を噛む。

「気分が悪いなら吐いてしまってもいいぞ」

「本当に大丈夫です！」

バラウルのまえで吐くなんて畏れ多いこと、本当にそこまで気分が悪いのだとしても、絶対にしたくはない。

声を大きくして否定したクロウに、バラウルが不審そうに眉根を寄せた。

「それならいいが」

それ以上は訊かず、バラウルは門へと進んでいく。

まったく、自分が情けない。クロウはひっそりとため息をつき、ぎゅっと目を閉じた。

バラウルのために尽くそうと決めたのに、一日目でもう迷惑しかかけていない。狩りも自分ではできずにバラウル頼り、街に行くのもその背に乗らなければならなかった。そして挙句、酒に酔った自分を抱えてもらっている始末だ。

クロウができたのは、薬草を採ることくらいだった。銀貨を稼げたのはいいが、バラウルが狩ってきた毛皮に比べれば、それもまた少ない。

自分の存在意義とはなんだろう。

情けなくて、哀しい。

しかし、バラウルの体温を感じていると、迷惑をかけても一緒にいたいと願ってしまう。それほど彼の傍は心地よく、離れがたい。

両親以外で、初めて自分を認めてくれた存在だ。

そして彼は、クロウの世界を広げてくれた。ずっと下を向いて生きてきたクロウに、顔を上げて新しい世界を見渡す機会を与えてくれた。

たったそれだけのことだが、クロウにとってはとても大事なことだった。それこそ、そんな恩人を命を賭《と》してでも守りたいと思えるほどに。

――……とはいえ、今は守るどころか守られてばかりだけれど。

明日こそは、バラウルに美味しい料理を作ってあげたい。それが自分にできるせめてもの恩返しだ。クロウは前向きにそう思うことにして、自分を抱えるバラウルの腕にこつんと額をぶつけた。

結局、じろじろと好奇の視線を浴びながらも、バラウルは街を出るまでクロウを降ろさなかった。

街を出て森のほうへと進み、喧騒が聞こえなくなった辺りで、バラウルはぐぐっと翼を広げ、竜の姿へと変化した。

酔ったクロウが自分で角に掴まっていられるかわからないからと、帰りは荷物だけを角に括《くく》りつけ、クロウはバラウルが両手で鷲摑《わしづか》みにして運ぶことになった。バラウルが落とすことは万にひとつもないとわかってはいるが、行きよりもスリリングな飛行に、クロウは終始目を瞑っていた。

山頂に戻ると、静かにクロウを地面に下ろし、バラウルは火の玉で灯りを点け、残しておいたという毛皮を一枚、クロウの身体にふわりとかけた。

「ここはまだまだ寒い。特に酔いが醒《さ》めたら冷えるからな」

「ありがとうございます。……僕、明日からちゃんとがんばりますね」

「期待している」

クロウを囲むようにバラウルも丸くなり、寝る姿勢になる。パチパチと焚火の爆《は》ぜる音を聞きながら、クロウは気づけば静かな眠りの海に意識を手離していた。

翌朝。はっと目を覚ますと、いつもとは違う頭痛がして、クロウは顔をしかめた。

「う……っ、いたた……」

痛む頭を押さえて起き上がり、ぐぐっと背伸びをする。その拍子に毛皮が肩からずり落ち、それを見て昨日のことを思い出した。

「街に行ってお酒を……」

この慣れない頭痛はきっと二日酔いというやつだろう。もう二度と酒は飲むまいと心に誓い、クロウは立ち上がった。

「バラウル様はどこに？」

周囲を見渡しても、バラウルの姿はない。クロウが眠っているあいだに出かけてしまったようだ。それなら彼が帰ってくるまえに朝食を作っておこうと、クロウは昨日買ってきた食材を鞄から取り出した。

米と根菜と、味つけのための香辛料。それから、包丁。本屋では料理の本も買ってきた。家にも母の遺してくれたレシピのメモがあったのだが、その本にはそれ以上にクロウの知らないレシピがたくさん載っていて、心が弾む。

「へえ、こんな料理もあるんだ」

うっかりすれば本を熟読してしまいそうになる。だが、バラウルが帰るまでに料理を仕上げておかなければ。駄目だ駄目だと自分を戒めて、クロウはパラパラと頁《ページ》をめくり、朝食に適していそうな簡単な料理を探す。親切に絵で解説がしてあり、ぱっと見で選べるのはありがたい。

「これなんかよさそうだな」

根菜のスープに、肉のソテー。それから炊いた米の上には焼いた卵が乗っている。しかし、卵が手元にない。

「まあ、卵がなくてもなんとかなるかな……」

それ以外は用意できそうだと、さっそく調理に取りかかろうとして、クロウははっとした。

「火がないや」

昨日はバラウルに魔法で火を熾してもらった。だから簡単に調理ができたけれど、今はひとりのため、まずは火熾しから始めなくてはならない。水はまだかろうじて水筒に残っている。

「街で見た屋台のコンロは、便利そうだったなあ」

バラウルが言っていたように、街には魔法が使える人間はほとんどいなかった。ガルズ村では当たりまえのように見ていた魔法も、街では珍しいショーのように扱われていた。クロウにとってはつまみを回せば火が出るコンロのほうが珍しいというのに。しかも火の大きさをつまみひとつで自在に操れるというのだ。便利なことこの上ない。

「家を建てたら、コンロを買ってこよう」

そのための資金は、毛皮のおかげで十分にある。

しかしひとまず今日のところは自力で火を熾すしかない。乾いた枯草と木の枝、それから焚火の周りを囲む石を集め、昨日持ってきていた火打石をカンカンと打ち鳴らす。

母が亡くなってひとりになってから一年。クロウも随分と火を熾すのが上手くなった。最初は火花を出すだけでも相当な時間がかかっていたが、コツを摑んだ今では二、三回で火花が散り、枯草に火が燃え移る。じわじわと大きくなる火を小枝に移し、ふうふうとゆっくり風を送って、さらに火を大きくする。

「……こんなものかな」

積み上げた石の中で燃える炎に一安心し、今度は食材の下準備に取りかかる。まずは小鍋に米と水を入れ、ご飯を炊く。そのあいだに買ってきた包丁で肉を捌《さば》き、根菜も一口大に切り、調味料で下味をつけておく。

「鍋とかフライパンも買っておくべきだったたな」

今は小鍋ひとつしかなく、並行して作業ができない。バラウルにいい食事をとってもらうためには、早く拠点となる家をつくって、それから道具をいろいろと揃《そろ》えなければ。こんな辺鄙《へんぴ》なところだが、神竜のための社をつくると言って大金を払えば、来てくれる職人もいるだろう。

火加減を見ながらクロウが今後のプランを考えていると、ふいに頭上に翳《かげ》が射した。

「なんだ、もう起きたのか」

顔を上げると、竜の姿のバラウルが後ろからクロウを覗き込んでいた。

「バラウル様、おはようございます」

「ああ」

翼を畳むと、バラウルは人間の姿に戻り、持っていた袋をクロウに差し出した。

「これは……？」

「二日酔いに効く薬草だ。それを煎《せん》じて飲むとすっきりする」

「ありがとうございます……っ」

早朝から出かけていた理由が、まさか自分のためだとは。クロウは嬉しくなってバラウルの手を取った。その瞬間、びくりと彼の身体が跳ねた。

「っ、すみません、急に触ってしまって」

許可もされていないのに神竜の身体に触れるのは、さすがに不敬すぎただろうか。心配になってクロウは首をすくめてバラウルを窺い見た。

「……いや、驚いただけだ。それより、早く飲んでおけ」

素っ気なく顎で促され、クロウは頷いた。怒ってはいないようだが、呆れてはいるようだ。昨日の失態を想えば仕方のないことだろう。

「なんだ、自分で火を熾したのか」

ぐつぐつと泡を吹いている鍋を見て、バラウルが訊いた。

「はい。朝食をと思って。でも、鍋がひとつしかないので、お米のほかはまだ何も……」

申し訳なく思い、俯く。しかしバラウルは気にした様子もなく、ぽん、とクロウの頭に手を置いた。

「いい、いい。俺は別に腹が減るわけではない。人間の食事は謂《い》わば趣味だ。急かしもしないし、強要もしない。今日のように具合が悪い日は無理をして作らなくてもいい」

「そんなわけには」

クロウがここにいる意味は、神竜バラウルに食事を作って献上することだけだ。それが必要ないとなれば、存在意義すらなくなってしまう。クロウにとって、それは死と同じ意味だった。

お荷物には、二度となりたくない。

自分のせいで、両親は死んだのだ。自分を養うために仕事をして、事故や過労で亡くなった。自分さえいなければ、両親はきっと今も幸せに暮らせていただろう。

――……自分さえ、いなければ。

「……うっ」

ずきん、と頭が痛くなる。二日酔いではなく、いつもの頭痛だ。

「大丈夫か？」

心配そうにバラウルが訊く。

「大丈夫、です」

こめかみを押さえ、クロウは吹きこぼれそうになっている鍋を焚火から外そうとした。

しかし持ち手が熱くなっているのに気づかず、じゅっと皮膚が焼ける痛みに思わず鍋を払い落としてしまった。

「あ……っ」

がしゃんと音を立てて鍋がひっくり返り、中身がすべて地面に流れ出る。

「火傷《やけど》は!?」

バラウルがものすごい形相でクロウの手を取った。そして次の瞬間、彼の手から水が溢れ、焼けた皮膚を冷やす。

「本当に、おまえはそそっかしいな」

「……ごめんなさい」

昨日に引き続き、またやってしまった。出来損ない、というのは、事実なのかもしれない。クロウは項垂れて、零れた米をじっと見つめた。

料理のひとつも満足に作れないなんて。

ひとりのときはできていたことが、どうしてバラウルのまえだとできないのだろう。いいところを見せたいのに、役に立つのだと証明したいのに、空回ってばかりだ。

はあ、とバラウルのため息が聞こえて、クロウは身体を硬くした。

いらない、と言われたらどうしよう。それが恐い。

「そんなに怯《おび》えるな。怒りはしない。それより、手は平気か?」

じゃばじゃばと流れ続ける水のおかげで、火傷は酷くならずに済んだ。痛みももうない。

こくりとクロウが頷くと、バラウルは水を止めてしっかりと火傷痕を観察した。

「……大丈夫そうだな」

「はい。ありがとうございます。自分で治癒もできますから」

「そうか。そうだったな」

ぱっと手を離し、バラウルが鍋を片付けはじめる。

「あっ、僕がやりますから」

「おまえはまずそれを治してからだ」

手伝おうとすれば頑として拒否され、クロウは申し訳なさを抱えつつ、治癒の魔法を使って火傷を治すことに専念する。

人の治癒よりも、自分の治癒のほうがより簡単だ。目を瞑って怪我の部位を意識して、魔力を流せばすぐに終わる。

一瞬で治癒を完了させ、鍋を洗うバラウルに交代を申し出る。

黙々と片付けていると、バラウルが少しクロウに距離を取った。

「朝食をとっておけ。俺は用事ができた」

そしてそれだけ言い置いて、竜の姿になりどこかへふらりと飛んでいく。どこへ行くのだろうと目で追いかけるが、麓の木々に紛れて、すぐに行方がわからなくなってしまった。

はあ、と深いため息をついて、クロウは駄目になってしまった米を拾い、鳥の餌にでもなればと少し離れたところに撒《ま》いた。動かずじっとしていると、そのうち小鳥がやって来て、ちょんちょんと小さな嘴《くちばし》で米をつつきはじめた。

バラウルにもらった薬草を飲まなければ、と思うのに、クロウは動く気力もなく、ただ小鳥をぼうっと眺める。食欲は元よりない。

がんばろうと心に決めるたび、またすぐに心が折られそうになる。

しかし裏を返せば、それだけ心が動いているということでもある。ひとりでいたときは、何もかもを諦めていて、そもそもがんばろうと思うことすらなかった。だからこれはいい傾向なのだとは思う。

……そうは思うのだけれど。

いつまでバラウルが許してくれるのか、わからない。せっかく手に入れた居場所がなくなるのが、恐くて堪《たま》らない。焦りばかりが募っていく。

はあ、と何度目かのため息をつこうとしたとき、何かを警戒した小鳥たちがばさばさと一斉に飛び立っていった。

どうしたのだろうとクロウが立ち上がって周囲を見渡すと、バラウルが飛んでいった方向の木々が揺れているのが見えた。よくよく耳を澄ましてみれば、メキメキと木の倒れる音もした。

バラウルの身に何かあったのでは、と不安になり、クロウは走り出した。

まさか、バラウルを脅かす何かが現れたのだろうか。アレスの人間が襲ってきたとは思えないし、大きな獣か何かだろうか。クロウが行ったところで、力になれないとはわかっていても、ただ待っているなんてできなかった。

「バラウル様……！」

転げるように急な斜面を下り、息が切れても走り続けた。二日酔いの頭痛など、感じている暇はなかった。

そして走ることしばし。もう少しで音のした場所に着く、というところで、頭上を巨体の影が通り過ぎた。はっとして顔を上げると、同じようにこちらに気づいたバラウルと目が合った。

「クロウ。どうしてこんなところに」

「バラウル様こそ……！　ご無事ですか⁉」

はあはあと息を乱しているクロウを見て、バラウルは地面に降り立つ。その背には同じ長さに切り揃えられた木が担がれていて、クロウは音の正体を察してほっと胸を撫で下ろした。

「木を切っておられたのですね」

「ああ。早く家をつくらねば、おまえも暮らしづらいだろう？　ひとまず材料だけでもと思ってな。コンロも早く置きたいようだったし、俺はベッドも風呂場《ふろば》もほしい」

俺も寝床が硬い岩よりはやわらかいほうがいい、とぶつぶつ言いながら、バラウルはクロウを大きな手でそっと摑んだ。

「帰るぞ。魔法で木を切ることはできるが、組み立てはそうもいかない。昨日建築屋を探せればよかったが、散策で忙しかったしな。今日は職人を連れてきて、どんな家にするか話し合わなければ。おまえにも二日酔いが醒めたら街について来てもらうぞ」

「もちろんです」

何事もなくてよかった。それに、バラウルはクロウを追い出すどころか、クロウのための家をつくろうとしてくれている。じわり、と胸に嬉しさが溢れた。

ずっと洟をすすった音に、バラウルが「まだ具合が悪いのか？　薬は飲んだのか？」とあれこれ質問してくる。

「二日酔いは、すっかりよくなりました」

今あるのは、走った疲労感だけだ。

「それならよかった」

あっという間に山頂に帰り着き、バラウルはクロウを離すと人間の姿になり、背中に括りつけていた木々をどすんと地面に落下させた。砂埃《すなぼこり》が舞い、クロウはケホケホと咳き込んだ。

「……おい。朝食を食べてないんじゃないか？」

焚火が消え、調理前の肉や根菜が放置してあるのを見つけ、バラウルが言った。

「食欲がなくて」

「腹に何か入れておかないと、人間はすぐに使いものにならなくなる」

そう言ってバラウルは火の玉を出すと、鍋に水を入れて火にくべた。

「街で食べればいいとは言っても、スープくらいは飲んでおけ」

確かに、彼の言うとおり栄養をとっておかねばなるまい。クロウは頷いて、根菜を鍋に入れ、調理を始めた。下味をつけてしまった肉もぶつ切りにして、鍋に入れることにする。

クロウがコトコトとスープを煮込んでいるあいだ、バラウルは切ってきた木を平らな場所に並べていた。風魔法で浮かせれば簡単に持ち上げられるようだ。

それを見て、クロウははっとする。

――バラウル様ひとりで木を動かせるなら、僕が家を設計さえすれば、わざわざ職人を雇わなくても済むのでは……？

そもそも、職人を探すにしろ、大金を積んだところで、イオナド山の山頂に来てくれるとも限らない。ここは本当に来るのも大変で、材料を運ぶのだって時間がかかる。完成するのに、下手したら年単位かかるかもしれない。だったら――……。

クロウは急いでできあがったスープを飲み、念のためにバラウルの採ってきてくれた薬草を飲んでから、彼の傍に向かった。

「バラウル様、提案があるのですが」

　バラウルはちらりと鍋の中身を見て、クロウがきちんと食事をとり終えたことを確認してから「なんだ？」と訊《たず》ねた。

「その、家のことですが、僕、簡単な家なら設計できる……と思います」

　最後は少し尻《しり》すぼみになる。つくったことがあるとは言っても、所詮《しょせん》は模型だ。本物をつくったことはない。今さらながら大見得を切ってしまった気がして、瞬く間に自信が萎《しぼ》んでいく。

「家のつくり方を知っているのか？」

「昔、父と一緒に家の模型を作ったことがあって、それだけですが……」

　模型とはいえ、クロウの住んでいた家の造りとほぼ一緒だった。模型を作っている最中、父は丁寧に解説してくれていたし、クロウも幼いながらそれを聞き洩らさないように必死だった。そのあとも家にある建築の本で勉強もしていた。本にあったものと同じ設計図ならば、すぐにでも描ける。それは確かなのだが、本当に大丈夫かと言われれば、実績も何もない自分には、はっきりと頷けるほどの根拠が足りない。

　バラウルもきっと子どもの戯言《たわごと》だと呆れただろう。

　——だが。

「では任せる。組み立ては俺がやるが、作業の指示はすべておまえがやれ」

「えっ、いいんですか？」

あっさりと下りた許可に、言った本人が目を丸くした。素人が何を言っているのだと反対されるかと思っていた。

「俺は万能ではないし、物知りでもない。ただおまえより長く生きているだけのしがない竜だ。できることとできないことは当然ある。おまえができるということは任せるのが道理だろう。それとも設計できるというのは嘘か？」

むっと顔をしかめられ、クロウは慌てて手を振った。

「い、いえ！　反対されないのかと……」

「おまえは俺をなんだと思ってるんだ。頑固な爺《じじい》か？　俺は失敗しても怒るほど心は狭くない。できると言うのなら、おまえの気の済むまでやってみればいいだろう。それに、だれがつくってもあれよりはマシだ」

あれ、と岩の祠を指差して、バラウルが鼻を鳴らした。その態度に、クロウは思わず噴き出した。

「ふ……っ、ははっ。卑屈になるなってバラウル様がおっしゃったのに、ご自分はいいんですか？」

「卑屈になっているのではない。己の限界を知っているのだ」

クロウはすっと肩の力が抜けていくのを感じた。

――そうだった。彼は完璧《かんぺき》ではない。火や水の魔法は使えても、治癒の魔法は使えない。

天候をうまく操れないという悩みも抱えている。おまけに案外不器用だ。

　クロウが役に立つことは、まだあったのだ。

　沈んでは浮き上がり、沈んではまた浮き上がり。バラウルの傍にいると、感情が目まぐるしく変化する。

　クロウはにっと笑顔を浮かべ、まずは図面を、とその場に蹲《うずくま》った。

　つくるのは、簡易なログハウスだ。バラウルが切ってくれた木をはめ込んで組み上げるだけでいいので、釘《くぎ》は使わない。

　ガリガリと小枝で岩に設計図を描くクロウを見て、バラウルが「ほう」と感心したように顎を撫でた。

「見事なものだな」

　褒められたことが嬉しくて、クロウの耳がじわりと赤みを増した。

　バラウルに出会うまで、人に認められるのがこんなにも嬉しいことだとは知らなかった。だからこそ、腹の底から意欲が湧いてくる。

　もっとバラウルに認めてもらいたい。褒めてもらいたい。

　大量の金銀財宝をもらっても、地位や名誉を戴《いただ》いても、この喜びには代えられまい。

「……できました」

　四角形の小屋の図面だ。本で見たものとほぼ同じだが、初めて自分で引いたものなので、どこかに欠陥があるかもしれない。だが、これが今クロウの描ける精一杯だ。

「さっそくつくってみるか。よし、やるぞ」

「はい！」

バラウルの号令に勢いよく返事をし、クロウも作業に取りかかる。

クロウが指示をすれば、はめ込むための穴や窪《くぼ》みも、クロウが線を引いたところを正確に風の刃が切り取ってくれ、問題なくパーツが完成する。そしてまるでおもちゃを動かすように簡単そうに大木が持ち上がり、指定した場所へと積み上げられていく。

「よいしょ……っと」

組み合わせる瞬間だけはクロウが手を使って調整するが、大した労働ではなかった。魔法というのは本当に便利な代物だ。

懸念した事故もなく、数日はかかると思っていた作業は、バラウルの風魔法のおかげで三刻もかからずに終わってしまった。

四角い箱のような小屋は、扉もなく、岩場の上に被せるように置かれただけのものだ。だが、これで雨風は問題なく凌《しの》げるだろう。

できあがった小屋を見上げ、クロウはふうっと大きく息をついた。思ったよりも立派なものに仕上がった。仕事をやり遂げたという誇らしさが胸に湧く。これが達成感というものなのかもしれない。

「あとはベッドと炊事場があれば完璧だな」

隣でバラウルも同じように小屋を見つめ、満足げに腕を組んだ。

「今から買いに行くか」

陽はまだ高い。街へ飛んでいって帰ってくるには十分に時間がある。

「そうですね。コンロはすぐには買えなくても、布団くらいは」

それから、鍋やほかの調理器具もほしい。

そう考えて、はたとクロウは思いついた。

「……あ。僕の家から取ってくれば、買わずに済むかもしれません」

今さら村に戻るのは気が引けるが、別に留まろうと思っているわけではない。取ったらすぐにここに帰るつもりだし、そのくらいは許されるだろう。村の人間に会わないように夜に忍び込むのもいいかもしれない。

しかし、そう言ったクロウに、バラウルはいい顔をしなかった。

「おまえを迫害したあの村に戻るだと？」

その途端、ごうっと強い風が吹いたかと思うと、空に暗雲が立ち込めた。すぐにゴロゴロと雷が鳴りはじめ、幾筋もの稲光が大地に向かって落ちていく。

「バ、バラウル様……！」

彼の感情に引きずられるように天候が荒れ、激しい雨が降り出す。それにもかかわらず、彼とクロウだけには雨風が当たることはない。

「お怒りをお鎮めください。ここを出ていくと言っているわけではありません。あの村に二度と近づくなとおっしゃるなら、そのとおりに致します。ですからどうか……」

クロウが懇願するものの、バラウルは顔を歪めたままだ。

「バラウル様……？」

恐る恐るバラウルの裾を引く。うっと呻き声を上げ、彼は頭を押さえた。

似ている、とクロウは思った。ままならない痛みを、彼もまた抱えているのだろうか。もしかすると、それが原因で天候をうまく操れないのではないか。

ゴゴゴ、と大きな音がして、雨雲はさらに雷鳴を轟かす。このままではまた川が氾濫し、麓の人々に影響が出るかもしれない。

彼の頭痛が収まれば、天候もよくなるかもしれない。しかしどうやって彼を癒せばいいのだろう。クロウの治癒の能力は、外傷にしか使えない。原因のはっきりしないものについては、まったくの無力なのだ。

けれど、クロウの頭痛はバラウルの傍にいると癒される。彼に「いい子だ」と言われて頭を撫でられると、嘘のように消えていく。

もしかしたらバラウルも、クロウにそうやって撫でられれば癒されるのだろうか。それともあれは、神竜であるバラウルだからこその現象だったのだろうか。

わからない。わからないけれど、やってみる価値はある。

「……バラウル様、失礼します」

クロウは苦しむバラウルに手を伸ばすと、彼をそっと抱きしめた。そして、「いい子いい子」と背中をさすった。

「……っ、クロウ……」

だが、いつまで経ってもバラウルの顔は険しいままだ。

――やっぱり、ただの人間の自分がやっても効果なんてないのか。

自分の無力さに項垂れて、クロウは唇を噛む。どうしたら彼を癒せるのだろう。天候のこともそうだが、これ以上彼が苦しむ姿を見ていられない。

と、そのときだ。ふいにバラウルがクロウの身体を押したかと思うと、完成したばかりの小屋の中に押し込められた。

「どうしたんですか？」

床に倒れ込みながら、クロウは訊いた。しかし唸《うな》り声を上げたまま、バラウルは頭を押さえている。それをなんとか宥《なだ》めようと再び伸ばしたクロウの手を、バラウルが摑んだ。

そして途切れ途切れに、言った。

「俺を、助けると思って……、少しだけ、言うことを聞いてくれ……っ」

一体どういう意味なのか。その詳細はわからない。だが、クロウには断るという選択肢はなかった。

「はい」と即座に頷くと、クロウはバラウルの命令を待った。

「クロウ……、〈服をすべて脱げ〉」

「え……？」

突拍子もないことに、面食らう。服をすべて脱げというのはつまり、全裸になれということだろうか。

人前で全裸になるのは、さすがに抵抗がある。生まれてこの方、裸を晒したのは両親のまえでだけだ。しかも、うんと幼い頃に。

クロウが躊躇っていると、バラウルがもう一度、「〈脱げ〉」と命令した。その顔はやはり苦しそうで、胸が哀しみにぎゅっと締めつけられる。

きっと、何か意図があってのことなのだろう。自分が全裸になることで彼が癒されるというのなら、躊躇《ちゅうちょ》している場合ではない。

クロウはすっと息を吸うと、急いで起き上がって服を脱いだ。

貧弱だとバラウルに言われた身体は、確かに肋骨《ろっこつ》が浮き上がるほど、薄い。恥部を見られるのが恥ずかしくて、両手でまえを隠す。

こんなものを見て、本当に治るのかと疑問に思っていると、次の命令が飛んできた。

「〈手を取って、すべてを晒せ〉」

「……っ」

恥ずかしい。

だがそう思う一方で、クロウの胸の奥にむずむずとした淡い悦《よろこ》びのようなものが湧き上がってくる。この感覚は一体何なのか。その正体が摑めないまま、クロウはバラウルの命令に従って、そっとまえを隠していた手を取り払った。

――バラウルの視線が、自分の恥部に注がれている。

そう思うと、どくどくと鼓動が速くなり、背骨を甘い痺れが駆け抜けていく。そして覚えのある感覚がしたかと思うと、クロウの恥部がむくむくと首をもたげはじめた。

それほどに、バラウルの視線は甘美だったのだ。

「あ……っ、すみませ……」

なんという失態だろう。バラウルが苦しんでいるというのに、兆してしまうなんて。裸を見られただけでこうなってしまうとは、まるで変態だ。

しかしバラウルはそれを責めるどころか、ごくりと大きく喉を鳴らした。クロウがはっとしてバラウルの下肢を見れば、彼もまたクロウと同じように兆しているのがわかった。

自分の裸を見て、バラウルが興奮している。

その事実が、さらにクロウの心臓を高鳴らせた。

「〈寝転んで、脚を開け〉」

「……、はい」

こうなったら、もうどんな命令が来ても今さらだ。恥ずかしいところを、すでに見られてしまっているのだから。

クロウは言われたとおりに横たわると、自ら手を膝にかけ、そっと脚を割り開いた。気づけばクロウの雄芯《ゆうしん》は完全に硬くそそり立っていて、先端からとろとろと透明な涙を零していた。

次はどんな命令が下されるのだろう。

バラウルの舐《な》めるような視線が、身体を這う。こんなクロウの醜態を見て、果たして本当にバラウルの痛みは癒されるのか。

そう疑問に思う一方で、この奇妙な状況に身を置きながら、クロウはドキドキと胸を高鳴らせている。

顔から火が出るほど恥ずかしい。けれど、もっと見られたい。

そんな願望が自分の胸の裡《うち》で燻《くすぶ》るのを、クロウは確かに感じていた。

「……くそっ」

苦しげに、バラウルが悪態をついた。そしてごそごそと下衣を寛《くつろ》げたかと思うと、そこから硬くなった剛直を取り出した。

「あ……っ」

自分のものとは違い、太く長く、そしてゴツゴツとしたそれを目の当たりにし、クロウは知らず知らずのうちに唇を舐めていた。喉が渇くような飢えを感じ、そこから目が離せなくなる。

――人間のものと、違う……？　それとも僕のが変なのか？

見入っているうちに、バラウルが無防備なクロウに近づき、何をするかと思えば、勃起《ぼっき》したクロウのそこに手を伸ばした。

「うあ……っ」

敏感な先端に触れられ、思わず喘《あえ》ぎ声が洩れる。

「バラウル様……、き、汚いです、そんなところ……っ」

しばらく水浴びもしていない。汗もかいているから、触れられたらバラウルの手が汚れてしまう。必死に押し返そうとするクロウだったが、バラウルはまた命令を出す。

「〈じっとして、身を委《ゆだ》ねろ〉」

「……っ、んっ」

どうしてか、彼の言葉に逆らえない。いや、逆らうどころか、従いたくて身体が勝手に動きを止めた。

おとなしくなったクロウを「〈よくできたな〉」とバラウルが労った。それにとろんと脳みそが溶けそうになる。もっと褒められたい。クロウが服従の姿勢で待っていると、バラウルの手が再び動き出した。

　しかし今度は、彼の硬くなったそれも一緒に握り込まれ、密着した粘膜にクロウの鼓動は高鳴った。

「あ……っ」

　他人の熱に、初めて触れる。

　クロウの先端から溢れる液体を潤滑油に、ゆるゆるとその手が動き出す。

「あ、ああ……っ」

　自分でも、それほど自慰はしたことがない。精通から今まで、能動的にしようと思ったこともなかった。その頃にはすでに母親しかおらず、相談できる相手もいなかったため、性的な知識は本からしか得ていない。それも教科書的な内容の本だった。おそらくあれは、母親が思春期を迎えた息子のために、こっそりと用意してくれていたものだったのだろう。

　多少なりとも気持ちがいいとは思っていたが、精を吐き出してしまえば虚無感が募るあの感覚が、クロウは苦手だった。だから、どうしようもなくなったときにしか、したことがなかったのだ。

　それなのに。

「ん、あっ、あう、ンン……っ」

「クロウ……っ」

自身を握り込んで擦《こす》るバラウルの手は、死ぬほど気持ちがいい。自分のものとは違うゴツゴツとした巨大な幹も、裏筋を刺激して快感を与えてくる。

もっともっと、と気づけばクロウは自らも腰を振っていて、口の端からだらしなく涎《よだれ》を溢れさせていた。それを、バラウルの温かい舌が舐めとった。

「ん……」

もう少しで、唇同士が触れそうだった。目のまえには熱に浮かされたバラウルの端整な顔。クロウがぐっと首を伸ばせば、口づけができてしまう距離だ。——と、そんなことを考えて、クロウはどきりとする。

神竜に口づけなど、畏れ多い。

——口づけだなんて、まるで伴侶《はんりょ》のような。

「クロウ、もう少し我慢できるか？」

無意識に唇に触れていたクロウに、バラウルが訊いた。

「は、はい」

あまりの気持ちよさに、正直に言えばもう出そうだ。だが、バラウルが言うのなら我慢する。

「よし。〈俺がいいと言うまでイクなよ〉」

また命令が降ってくる。クロウはこくりと頷いて、疼く下腹部にぎゅっと力を入れた。

バラウルの手の動きが、さらに速くなる。ぬちぬちといやらしい水音を立てるそこを見ると、バラウルの先端からもとろりと粘液が溢れ出していた。

「ふ……っ、う……」

興奮に塗《まみ》れて唸るバラウルの男らしい喉元に、衝動的に吸いつきたくなる。しかし、動くなと言われている以上、クロウからは何もできない。してはいけない。

「バラウル、様……ぁ」

自分のものではないような、甘ったるい声が出る。それにもまた羞恥《しゅうち》を感じ、クロウは目を閉じた。だが却って感覚が敏感になり、弄《いじ》られているそこがより快楽を拾ってしまう。

「あっ、あン、うぅ……ッ」

我慢しなければ。バラウルの命令を守らなければ。

ぐっと歯を食いしばり、クロウは快楽の波に耐えようとした。頭の中はもう、ぐちゃぐちゃだ。

――もう、無理だ。出る……っ！

びくびくと腰が跳ね、竿《さお》の中を精子が上ってくる感覚がする。それでもなお、命令に背くまいと懸命に唇を噛むクロウに、

「〈イッていいぞ〉」

ようやく待ちわびた言葉がかけられる。その途端、クロウは抑えていた欲望が身体から

噴き出すのを感じた。

「あ、あああ——……っ!!」

強烈すぎる、快感。ぷしぷしと噴出される白濁に、気絶しそうなほどの気持ちよさが押し寄せてくる。

「ぐ……っ」

それと同時に、バラウルも唸り、身体を震わせた。彼の鈴口からどぷりと大量の粘液が吐き出され、クロウの腹を濡《ぬ》らしていく。

「はあ……」

満足そうに、バラウルがため息をついた。その顔にはもう苦しみはなく、クロウはほっと胸を撫で下ろした。

いつも自慰をしたあとは虚無感しか覚えないのに、今日は心地よい疲労感と満足感が漂っている。バラウルもそうだといい、と思いながら、クロウはそっと彼の顔に手を添えた。

「……痛みは取れましたか？」

クロウの質問に、獣のようだったバラウルの目にはっと理性が戻った。

「……っ、すまない。酷いことを……」

珍しく慌てた様子で、バラウルが謝罪する。だが、クロウには不要なことだ。

「恥ずかしかったですけど、嫌だとは思っていません。むしろ、びっくりするほど気持ちよくて……」

自分の腹の上の粘液をそっと掬い、まじまじと観察する。

バラウルが天を操れなくなったのは、もしかしたら発情期のせいなのかもしれない、とクロウはまだふわふわする頭で思った。

神竜に発情期があるのかどうかは知らないが、伴侶のいないバラウルには、欲望を発散させる手立てがない。それが原因で精神に異常をきたし、本来は制御できるはずの能力が乱れてしまった。そこに現れたのがクロウだ。バラウルはただ、温もりが恋しかったのかもしれない。それがたとえ男相手であっても。

そう考えれば納得がいく。

クロウは指先についた白濁をぺろりと舐めた。ぴりぴりと痺れるような苦味だが、不思議と嫌いではない。

これは、バラウルの快楽の証だ。クロウで気持ちよくなったことの、証明。それが無性に嬉しくて、胸がいっぱいになる。

「僕はお役に立てましたか？」

「……ああ。〈いい子だ〉、クロウ」

大きな手が、クロウの黒髪をやさしく撫でる。それだけで、胸が震える。すべてを彼に捧げてもいいと思うほどに。

こう思うのは、異常だろうか。心酔しすぎだろうか。

「……身体を清めよう」

しばらく無言で髪を撫でていたバラウルが、口の端に笑みを浮かべて立ち上がった。小屋の外に出ると、いつの間にか雷雨は止み、真っ青な空が広がっていた。

＊＊＊

クロウのための小屋は、思ったよりも早く完成を迎えた。丸太で外壁を組み上げたあと、街に行って必要な資材を買い集め、ドアやベッドもつくった。

クロウが村へ行きたいと言った件については、もちろん却下だ。もし村人に見つかったりしたら、また心ない言葉を浴びせられるかもしれない。それだけは避けたかった。それなら多少金を払ってでも新しい物を買いそろえたほうがいい。

炊事場のほうはというと、コンロには火を点《つ》ける特殊な燃料がいると聞き、その説明を受けて、クロウが買わないと言い出した。

燃料を運ぶのも手間だし、コンロの燃料には定期的な点検も必要なのだという。まさかその都度職人に山頂に来てもらうわけにもいかない。

「かまどがあれば十分です。木を切って薪《たきぎ》に火を点ければ、問題ありません。……その代わり、もっと楽に火が熾《おこ》せるように、マッチ、というものを買っていただけるとありがたいです」

バラウルがいるときは、なるべくバラウルが火を点けるということにして、コンロは諦《あきら》めることになった。

しかし、小屋での生活は思ったよりも快適だった。

肉や野菜を保存しておくための室も用意し、そこにはバラウルが魔法で氷を置いた。岩の祠《ほこら》は露天風呂《ろてんぶろ》に改良して、星月を眺めながらふたりで湯浴みをしたりもできるようになった。

人間の営みを実際に体験し、バラウルは大いに満足した。今までの原始的な生活も不便はなかったが、クロウの手作りの料理を食べ、温かな風呂に入り、ベッドで眠るという生活は、バラウルの心をより豊かにした。

何よりクロウが傍《そば》にいることが、バラウルにとっては憩いだった。

ファヴニルの言っていたとおりだ。

番《つがい》がいるというのは、楽しいし、心が温かくなる。

今まで神の啓示のとおりに、このアレスの地を豊かにすることを一番に考えて生きてきたし、その生活に不満はなかった。けれど、クロウと生活を共にすることで、以前の生活には足りなかったものが見えてきた。

それが、愛だ。

この生活を守りたい、クロウを哀しませたくはない、というこの気持ちは、間違いなくファヴニルの言う愛だとバラウルは確信している。

自分にこんなにも温かな気持ちがあったのかと思うほどに、心が穏やかで、自然と笑顔が零《こぼ》れてくる。自分の中の魔力が整って、乱れることも少なくなった。

ただ、まだ見極められていないのが、これがどんな種類の愛か、だった。

クロウは雛鳥《ひなどり》のようで、可愛《かわい》らしい。気づけばその髪をくしゃくしゃに撫《な》で回していて、それをはにかんだ顔で受け入れるクロウの顔を見るのが好きだ。

しかし、クロウが自分の番だとわかっていても、人間でいう伴侶《はんりょ》に対しての愛なのかどうかは、まだわからない。

先日、クロウが村へ戻ると言った際、あまりの怒りにまた天操を誤ってしまった。そして自分の中の支配欲（Dominant dragon）が暴走し、思わぬ形でクロウの身体《からだ》を求める事態となった。幸いにも、クロウは厭《いと》わないでくれたし、そのあとも特に変わった様子は見受けられない。

だが、バラウルのほうはあれ以来少しだけ迷いが生じている。

あのとき、本能が告げたのだ。番となるSubを支配下に置け、と。そしてそうするのに一番手っ取り早いのが、性的な接触だった。

クロウを無防備な姿にして、自分の言いなりにして、辱める。そうすることによって、支配欲を満たした。きっとクロウにとっても、利のある行為だったとは思う。Subの本能も満たされたことだろう。

だが、果たしてそれは許されることだったのか。

互いの意思など関係なしに、本能に従って貪《むさぼ》る快楽がいいものだとは、バラウルには思えなかった。

人間をよく知らなかった昔なら、なんの疑問も持たずにただただ本能に身を任せていたに違いない。だが、ここ最近のバラウルは、愛について考えている。

本能ではなく、理性――いや、気持ちがあってこその愛ではないのか。傲慢《ごうまん》な支配欲に呑《の》まれて、自分がしたいようにすることを、愛とはきっと呼べない。

バラウルがクロウにしたのは、そういうことだ。

向こうも本能に従って、従順にも身体を晒《さら》してくれたが、あれはあくまで従う以外の選択肢が残されていなかったからだ。

もしクロウにSubの本能がなかったら――？

知り合って間もない男、しかも人間ではなく自分より遙《はる》かに力の強い神竜に脅されたら、心に傷を負うどころでは済まないはずだ。

そう考えると、胸が痛い。

そしてそれは、バラウルにも言えることだった。

もし自分にDomの本能がなかったら。支配欲もなく、番も必要ないとしたら、クロウを求めていただろうか。

――バラウル様。

やわらかく微笑《ほほえ》むクロウを思い浮かべ、バラウルは顔をしかめた。クロウを見ていると、胸の裡《うち》からじわじわと泉のように愛《いと》しさが湧《わ》く。

これは友愛なのか、家族愛なのか、それとも性愛なのか。

今のバラウルには、判断ができない。

それはきっとクロウも同じだ。

彼はまだ、自分はただの捨てられた子どもだと思っている。自信のなさから、それが透けて見えていた。だからこそ、バラウルに捨てられないよう、懸命に役に立とうとしている。傍にいることで、もう十分に役に立っているというのに。

それゆえ、未《いま》だにバラウルに対して、忠誠心を持って接してくる。だからそれが愛なのかと考えもしていないはずだ。

まずもって、好きとか嫌いとか、そういう次元にすらない。

「はあ……」

悩めば悩むほど、魔力が乱れて天操が難しくなる。だが悩まずにはいられない。神に近いとはいえ、神竜もただの生き物だ。それを今、バラウルはひしひしと実感している。

「お疲れですか？」

ため息を聞きつけ、料理をしていたクロウが心配そうに振り返った。バラウルはベッドに腰かけて読書のポーズを取っていた。もちろん、考え事に耽《ふけ》り、文字を追ってはいなかった。

「いや、なんでもない。この本があまりにもつまらなくてな」

クロウがちらりとバラウルの手元を見て、「ああ」と肩をすくめた。

「それ、魔法書とは名ばかりの、でたらめ魔術の本ですよ」

「そうなのか？」

バラウルは訊《き》いてから、しまったと目を泳がせた。これでは読んでいないのがバレバレだ。しかしクロウは気にした様子もなく説明を始めた。

「ええ。このまえ街で見かけて、僕も魔法が使えるようになるかもしれないと期待して買ったんですけどね。残念ながら、怪しげな呪文《じゅもん》や魔法陣が書いてあるだけで、有用なものは何もありませんでした」

一応試してもみたんですけど、と語るクロウは、どこか寂しげだった。

「やっぱり、才能ないみたいです」

「ふん。おまえには治癒があるからいいだろう」

「せめて火の魔法が使えたらな、と」

「マッチがあれば十分だ。人を燃やすわけでもあるまいに」

「……それもそうですね」

納得していない顔で、クロウは頷《うなず》いた。

これもきっと、自信のなさの表れなのだろう。バラウルがいくら言っても、治癒の魔法だけでは価値がないと思っている。長年村の人間によって貶《おとし》められてきたクロウが自信を持つには、まだまだ時間がかかりそうだ。

どうすればクロウに自分を誇れるようになってもらえるのだろう。

しばし考えて、バラウルははっと思いつく。

——治癒の魔法を使って感謝されることが増えれば、自信がつくのでは？

街に診療所でも設ければ、たちまち人が訪れるようになるだろう。だが、それではあまりにも目立って、クロウを攫《さら》おうとする人間が現れるかもしれない。却《かえ》って危険だ。

しかし、このままではクロウはいつまでもまえに進めない。彼のためを思うなら、治癒の魔法を有効活用することを勧めるのが最善だ。

——そうだな。もし危険が伴うのなら、俺が守ればいいだけだ。

バラウルはパタンと本を閉じると、「なあ」とクロウに声をかけた。

「おまえ、治癒の魔法で診療所を開く気はないか？」

「え……？」

クロウの真っ黒な瞳《ひとみ》が真ん丸に見開かれる。

「診療所……とは、あの診療所ですか？　人の怪我《けが》や病を治す」

「ほかに何がある」

「そ、そうですよね。ごめんなさい」

「謝ることはない」

言い方がきつかったな、とバラウルは反省した。クロウは大したことでなくともよく謝る。

「でも、診療所って、僕は医者ではありませんし、きっと無理ですよ。外傷はともかく、病気は治せませんし。それに、そんなちょっとの魔法でお金を取るわけにもいきません」

「あのな、おまえが思ってるより何万倍もおまえのその魔法は希少なものだぞ。致命傷も治すその力は、国だって喉《のど》から手が出るほどほしがるものだ」

「はあ」

頷くクロウの目には、まったく信用が籠《こ》もっていない。

「とにかく、ここでの暮らしにも慣れてきただろうし、時間があるときは治癒を試してはどうだ？　街でなくとも、イオナドの山を通る人間への無償の施しでもいい」

そうすれば、クロウもその魔法の価値に、ひいては自分の価値に気づくことになるだろう。

「それは、僕が四六時中バラウル様の傍にいないほうがいい、ということでしょうか」

しかし、クロウは別の意味に捉《とら》えてしまった。陰鬱《いんうつ》な顔で訊く。

「どうしてそうなるんだ。俺はおまえのその魔法の価値を実感できるように、俺以外からも称賛の言葉を浴びろと言っている」

「称賛？」

「ああ。それに、俺も傍で見ているつもりだ」

攫われる可能性があるから、とは口にしない。そんなことを言えば怖がってやらなくなってしまう。

「バラウル様も？」

「どうせ天操以外することはないしな。おまえの傍にいたほうが、気も安定する」

そう言うと、クロウはほっとした顔になって、何度か瞬《まばた》きを繰り返したあと、頷いた。

「……バラウル様が、そう言うのなら」

「よし。だったらさっそく、南面の中腹辺りに小屋をつくろう。あそこは西の街からアクラキャビクに行くためには必ず通る場所だ。先を急いで無茶をする旅人もよくいる。彼らの休憩所としても使えるように」

「はい。食事のあと、図面を引きますね」

まだ少し不安そうだが、半ば無理やりでもないと、クロウは自ら動かないだろう。

バラウルに与えられる命令だけをこなし、自主的な願望を持たないような人間にはしたくなかった。治癒を通してほかの人間と接しながら、それも改善していくといい。

そう願って、バラウルは立ち上がった。

「配膳《はいぜん》を手伝おう」

料理はもうほぼ完成しているようで、スープのいい香りが小屋の中を満たしていた。

「バラウル様は座っていてください」

手伝わせるなんてとんでもない、とクロウは恐縮して両手を振った。

「共同生活というのは、互いに助け合ってするものだろう？」

「僕はただの居候ですから」

「俺は同居だと思っていたが」

首を傾《かし》げるバラウルに、クロウは困ったように眉尻《まゆじり》を下げた。

——まだまだ先は長いな。

バラウルは密《ひそ》かに苦笑し、遠慮するクロウを押しのけて、食器をテーブルへと並べた。

＊＊＊

バラウルの提案により、イオナド山の南側の中腹に、小屋を建てて休憩所をつくることにした。医者には免許がいるため、診療所とは名乗れないが、怪我をした旅人の治療と、栄養のある食事を提供するくらいの無償の奉仕活動は問題ないはずだ。

ガルズ村にいた頃は、他人のためにこの力を使うことは考えられなかった。両親のちょっとした怪我を治すことはあっても、呪《のろ》われた子である自分は村の人間に話しかけることすら許されていなかったからだ。

しかし今は、自分が呪われた子ではないとクロウは知っている。

バラウルに連れていってもらった街には、銀髪ではない人間がたくさんいた。ある店の主人には、黒髪は美しさの象徴であるとも言ってもらえた。

この世界には、いろいろな人間がいる。それを知って、クロウの冷えていた心は少しずつ温かさを取り戻していった。

――ただ、まだ自分が有益な人間だとは思えないけれど。

イオナドの山頂でバラウルと住むようになってから、クロウは彼に迷惑をかけてばかりだ。彼がいないと生活が成り立たないし、料理だって本当は、作ろうと思えばバラウルも作れるのだろう。

しかしそれをクロウに任せることによって、クロウの存在意義を保ってくれている。強面《こわもて》の見た目と違って、バラウルはやさしい。高貴な神竜という立場なのに、クロウを自分と同じように平等に扱ってくれようとする。それはとても光栄なことだ。

だが、身の丈に見合っていない境遇だと思うたび、罪悪感が胸を刺す。だから、なるべくバラウルに恩を返せるように、彼の命令には従う。

本当は、休憩所を開くのは、少しだけ不安だ。

呪われた子ではないとわかってはいても、クロウのこの黒い髪と目を見て、気味悪がる人もいるかもしれない。また酷《ひど》い言葉を投げかけられるかもしれない。

村にいたときは、そんな言葉にも慣れていた。心を殺して、何も感じないように、心が痛まないように。

けれど今は、バラウルの傍にいて、耳触りのいい言葉に慣れてしまった。このひと月あまり、酷い言葉は耳にしていない。それどころか、バラウルは定期的にクロウを褒める。

――今日の香草焼きは今まで食べた中で一番うまいな。さすがだ。

――薬草だけでなく茸《きのこ》も見分けられるようになったのか。おまえは本当に賢いな。

――星座もわかるのか。本当に物知りだ。

そう言われるたび、自分に纏《まと》わりついていた呪詛《じゅそ》がほろほろと崩れていく心地がした。

だがそれは同時に、身を守っていた頑強な鎧《よろい》も剝《は》いでいった。

だから今、心ない言葉を投げかけられたとしたら、防御の手立てのないクロウはそれにまた深く傷つくことになるだろう。

バラウルの言うことは聞きたいし、それが自分の使命だとも思う。その一方で、自分にできるだろうかというプレッシャーも大きい。

「はあ……」

組み上がった小屋で昼食の準備をしながら、クロウは知らず知らずのうちにため息をついた。

「緊張しているのか？」

ふいにバラウルが後ろから覗《のぞ》き込む。驚いて身をすくませた拍子に、鍋《なべ》を混ぜていた木べらが手から滑り落ちた。あっと思ったときにはバラウルが空中でキャッチしていて、地面には落ちずに済んだ。

「あ、ありがとうございます。緊張しているわけではないのですが……」

言い淀《よど》むと、バラウルはクロウの髪を乱暴に搔《か》き回し、言った。

「俺も傍にいる。何かあったら頼ればいい。それとも俺がいると余計に不安か？」

「そんなことは！　バラウル様がいてくれることほど心強いものはありません」

「それならば堂々としていろ。おどおどしていると不審者に思われるかもしれないぞ」

「確かに……」

いきなり山の中に小屋が現れて、その中にこんな落ち着きのない男がいたらきっと立ち寄る気も失せてしまう。ただでさえ、無償奉仕という一見詐欺ではないかと疑ってしまうような怪しい活動なのだ。堂々としていないと信用してはもらえないだろう。

クロウはすうっと息を吸い込むと、こぶしを胸のまえで握った。

いくら心配したところで、一度やると言ってしまったからには、もう引き返せない。それにバラウルにも失望されたくはない。

「がんばります」

「それでいい」

ふっと微笑みを残し、バラウルの手がクロウから離れていく。それに名残惜しさを感じながら、クロウは料理の続きに取りかかった。

芋と人参と猪肉《いのししにく》の煮物を作り終え、米も炊けたところで、休憩所のまえにテーブルを出し、そこで昼食をとることにした。

昨日は十分に雨を降らせたから今日の天気は快晴にする、とバラウルが言っていたとおり、空は青く澄み切っている。しかし夏が近いせいか気温が少し高く、直接太陽の光を浴びていると、何もせずともじんわり汗ばんでくる。

「もうすぐ本格的に暑くなりますね」

いつもより多めに水を飲みながら、クロウが言う。

「そうだな。気温だけは俺にもどうしようもない」

赤い目が空を見上げ、眩《まぶ》しそうに細められた。

「天を操る天操というのは、太陽を操るものなのではないのですか？」

「違うな。俺たち神竜ができるのは雲を操ることだけだ。……クロウは庭に野菜を育てていたことはないか？」

「ありますけど……」

それが天操となんの関係があるのだ。クロウが首を捻《ひね》ると、バラウルがそれに答えた。

「野菜には水をやるだろう？　天操はそれと同じ、水やりだ。土が乾いていたら水をやり、太陽の光が足りないようなら雲を取り払ってやる。そういう原理だ」

「なるほど」

それならば納得できる。神竜の水やりという管理下にあるからこそ、アレスは豊かになるのだ。しかしそれは、同時に恐ろしいことでもあった。

もし、人間がバラウルの不興を買えば、彼にはあっという間にアレスの地を壊滅させるだけの力がある。彼が怒り、三日三晩大雨を降らせ続けるだけで、成す術《すべ》もなくすべてが終わる。

クロウがそう思ったのが伝わったのか、バラウルが咀嚼《そしゃく》していた肉を嚥下《えんか》したあと、肩をすくめた。

「心配しなくとも、神竜の役目はこの地を豊かにすることだ。大雨を降らせ続けて人間をどうこうしようと思ってはいない。そんなことをしたら、木々や動物たちまで巻き込まれるしな」

「だったらどうして――……」

言いかけて、クロウははっと口を閉じた。

――だったらどうしてクロウが村を出る少しまえから、大雨を降らせて土地がめちゃくちゃになるようなことをしたのか。

最後まで紡がずとも、バラウルには伝わってしまった。

「……本当に、怒ってなどはいないのだ。ただ、このまえのように、自分ではどうしようもなくなることがここ数年で増えてきた」

「このまえって……？」

いつのことだ、と返そうとして、クロウは顔を赤くした。

――寝転んで、脚を開け。

そう命令された日のことだ。あの日、バラウルは少しおかしかった。いつもは紳士的な彼が、獣のように熱に浮かされ、クロウの肌を求めてきたのだ。

伴侶がおらず、発散の仕方を知らないバラウルの性欲が暴走しただけだとクロウは思っているのだが、そのことをバラウル自身は自覚しているのだろうか。

――イッていいぞ。

耳元で囁《ささや》かれた声を思い出し、ぞわりと腰がざわめく。脚をもじっと擦《こす》り合わせたのを、クロウは咳払《せきばら》いでごまかした。

「人間には思春期というのがあって、異性に対して性的な関心を抱くのは普通のことらしいです。でも、バラウル様の周りには女性がいないので、性欲を発散できなくて身体に不調が現れたのではないですか？　このまえはたまたま僕がいたので発散させられましたが……」

まるでなんでもないかのようにクロウは淡々と説明した。

だが実際はクロウの心臓はどくどくと速まっていた。クロウにとって、他人との性的な接触はあれが初めてだった。男同士とはいえ、恥ずかしい。気にしないようにと自分に言い聞かせて今日まで平静を保っていたが、バラウルのほうから話を振られたら、意識せずにはいられない。

「性欲か」

バラウルは米をつつく手を止めて、顎《あご》に手を遣《や》った。

「厳密にいうと、少し違うんだがな」

「えっ？」

「神竜には子づくりという概念はない。子づくりなどせずとも、神竜は時期が来ればイオナドの霊脈に宿った魔力から自然と生まれるからだ。よって性欲というものはない……はずなのだが」

だったらあのときのバラウルは一体何に呑まれていたのだろう。

しかしクロウのその疑問は、バラウルの微笑によって搔き消された。

「まあ、ああいう接触も、なかなか悪くなかったがな」

「……っ」

思わず持っていたコップを落としそうになる。

「危ない」

バラウルが同時にそれを摑《つか》み、手と手が触れ合う。途端に、どきりと心臓が高鳴って、クロウは目を逸《そ》らした。

「すみません、そそっかしくて」

もう大丈夫だ、と手をどけようとしたら、バラウルが引き留めた。

「クロウ、俺は」

そのときだ。

「こっちからいい匂《にお》いがするよ！」

と、少し離れたところで、だれかの声がした。

「あら、本当だわ」

ばっとふたりで振り向くと、斜面を登ってくる親子らしき三人の人影が見えた。

バラウルが手を離し、クロウに言う。

「客人第一号だな」

頷いて、クロウは立ち上がった。緊張して、指先が冷えていく。先程まであんなに熱かったのに。

自分のこの容姿を、不気味だと思ったりしないだろうか。

そう考えるだけで、身がすくむ。

「大丈夫だ」

そこへ、バラウルが勇気づけるようにクロウの肩に手を回した。そして、「おおい」と聞いたこともない声で朗らかに親子に手を振った。

「おおい」と無邪気に振り返された手を見て、バラウルがそっと耳打ちする。

「よかったな。人の好さそうな親子だ」

遠目でもクロウの髪の色は見えているだろうから、それでも手を振り返してくれるということは、黒髪に対しての偏見はないということだ。クロウはほっとして、自分も手を振った。

　しばらくして、親子が小屋のまえに到着した。

「こんにちは」とクロウが挨拶《あいさつ》すると、「こんにちは」と返ってくる。それだけでクロウは嬉《うれ》しくなった。

「はあ……、疲れた。久しぶりに登るとやっぱりしんどいな、山は」

　背中に大きな鞄《かばん》を背負っているのは、父親らしき赤毛の男性だ。クロウよりひと回りほど年上だろうか。目の端にしわがあり、やさしそうな感じがした。

「父ちゃんは男のくせに体力がなさすぎるんだよ」

　息子のほうは、まだ十歳くらいだろうか。元気はよさそうだが、ところどころ怪我をしている。きっと動き回って転んだりしたのだろう。

「あなたたちはここに住んでるんですか？」

　母親と思《おぼ》しき女性が訊いた。栗毛の長い髪を後ろでひとくくりにしていて、ふくよかな頬《ほお》が彼女を健康そうに見せている。

「いえ。ここは休憩所です。山を通る人たちに、無償で食事を出したり、あとは怪我の治療を行ったりするところですよ」

「無償って、タダってこと？」

　男の子が訊いた。夫婦は顔を見合わせ、それからクロウを観察するように見回す。

　やはり、不審者だと思われているらしい。それはそうだ。無償なんて言われたら、警戒しないほうがおかしい。

「タダですよ。僕はこの山の神竜にお仕えしている身ですので、奉仕活動として慈善事業を行っているんです」

嘘《うそ》は言っていない。ちらりとバラウルを窺《うかが》うと、うんうんと彼は満足そうに頷いた。理由を考えておいて本当によかった。

「神竜って、イオナドの神竜のことよね？　本当にいるの？」

――いますよ。あなたの目のまえに。

……とはさすがに言えないが、クロウはこくりと頷いた。

「いらっしゃいます。この地のために雨を降らせ、恵みをもたらしてくださっています。その恵みを、僕はここへ来る人に分けているんですよ」

「ふうん……」

母親のほうはまだ警戒しているようだが、父親のほうはといえば、クロウの作った料理に、ぐう、と腹を鳴らしている。

「よかったら、昼食を食べていきませんか？　今日の料理は芋と人参と猪肉の煮物です。それから君も、怪我をしているようだから治させてくれないかな」

男の子に言うと、きょとんとした目で訊き返された。

「治す？」

「うん。僕、治癒魔法が使えるんだ」

さすがに勝手に触れたら怒られるだろうと、クロウはまず自分の手をガリッと爪《つめ》で引っ掻いてみせた。つうっとそこから血が溢《あふ》れ、それを見たバラウルが慌てた様子でクロウに詰め寄った。

「何をしている！」

「えっ、いやまず、証拠を見せようかと……。ほら」

絶句している親子に見せつけるように、クロウは傷ついた腕を掲げると、そこに反対の手をかざし、じくじくと痛む傷に集中した。すっと跡形もなく消えた傷に、親子は驚いて目を見開く。

「本当だ……。治癒魔法なんて初めて見た」

「奇跡だわ」

そう言ったかと思うと、ふたりは膝《ひざ》を折り、クロウに祈るように両手を合わせた。

「ほら、おまえも」

息子にも同じように膝を折るよう言い、祈らせる。

「そんな、大したことではありませんので……」

こんなふうにされると、居心地が悪い。自分は神でもなんでもない、ただの人間だ。クロウは顔を上げるよう言い、それから男の子の治療をさっと済ませた。

古い傷痕《きずあと》は残ったままだが、最近ついた傷は一瞬できれいさっぱりなくなった。

「わあ！　どこも痛くない！　ありがとう、お兄ちゃん！」

「これからは怪我しないように気をつけるんだよ」

注意したクロウに、横から手が伸びてくる。かと思うと、突然おでこをピンッと弾《はじ》かれ、その痛みに瞠目《どうもく》した。

「いたっ」

「何が怪我しないように、だ。おまえもだろう。自ら身体を傷つけるとは、何事だ、まったく……」

「ご、ごめんなさい」

怒られたことにしゅんとするが、

「心配させるな」

この一言でクロウのためを思ってのことだとわかり、胸がくすぐったくなる。クロウはにやにやと笑いそうになる自分を抑え、親子に言った。

「食事にしましょう。水もあるので、好きなだけ飲んでください。体力を養って、残りの道もがんばってくださいね」

「ありがとうございます」

バラウルとのやりとりを見て、警戒から崇拝に移り変わった緊張も少し解《ほぐ》れたようだ。

親子もほっとした笑顔を浮かべ、クロウに勧められるまま席に着いた。

多めに作っておいた料理を皿に盛り、テーブルに置く。クロウとバラウルも食事が途中だったため、一緒に喋《しゃべ》りながら続きをとることにする。

親子は、アクラキャビクへと向かっているという。

「住んでいた村で火事があって、私たちの家も燃えてしまって……。アクラキャビクの親類の家を目指しているんです」

「なるほど。それは大変でしたね……」

クロウとは別の理由だが、住んでいた家を追われる気持ちはわかる。突然何もかもを失って、つらかっただろう。これからどうやって生きていくのか、絶望したに違いないけれど、それでも。

「……家族が無事でよかったな」

クロウの気持ちを見透かしたようにバラウルが言う。

「ええ。家族が無事なのは何よりでした」

父親が目を細めて妻子を見ながら頷いた。

「家は何度でも建て直せますが、妻も息子も、失ったら戻ってこない」

「あなた……」

潤んだ目で、母親がつぶやいた。

滲《にじ》んだ愛に、クロウも自分の両親を思い出す。親孝行はまったくできなかった。思い返せば思い返すほど、自分は酷い息子だったなと思う。

生きているうちに、もっとたくさんできることをしておけばよかった。たとえそれが些《さ》細《さい》なことであったとしても。

しんみりした気持ちになりそうで、クロウは無理やり笑顔をつくると、「おかわりもありますからね」と席を立つ。

「おかわり！」

男の子が手を挙げ、空になった茶碗《ちゃわん》を差し出した。それに笑いながら、クロウは茶碗を受け取って、ご飯を盛った。

それから腹が落ち着くまで休憩し、親子は感謝を何度も述べて、小屋をあとにした。何かと大変だろうからと、干し肉や薬草、水も持たせたから、半日もすればきっと無事にアクラキャビクに着くだろう。

「どうだった？　初めての奉仕活動は」

彼らの姿が見えなくなってから、バラウルが訊いた。

「そうですね。自分にもできることがあるんだって、嬉しかったです」

「治癒の魔法の価値もわかっただろう？　本来ああやって崇《あが》められてもおかしくはない能力だ」

彼がにやりと笑って返事を促すが、クロウはふるふると首を横に振った。

「……はい。でも、それよりも僕がだれかの役に立てたことが何よりも嬉しいのです」

治癒魔法はきっかけに過ぎない。崇められても、自分には過分だ。そんなことよりも。

「料理を美味《おい》しいと言ってもらえたのも、目を合わせて会話したこともそうです。……家族以外にお礼を言ってもらえるなんて、今までの人生でなかったことですから」

自分がしたことで、だれかが笑顔になるなんて、村にいた頃は考えられなかった。人目を気にせず話ができるのも、嬉しかった。

それに。

「バラウル様が僕を心配してくれたことも、ものすごく嬉しかった」

クロウが自身を傷つけたとき、本気で心配してくれた。咄嗟《とっさ》の出来事だからこそ、本心が見えるものだ。バラウルは間違いなく、クロウのことを気遣ってくれた。

「それは別に、大したことではないだろう」

「いいえ。僕にとっては大したことです」

認めないバラウルに、クロウはにっと笑いかける。彼がなんと言おうと、クロウの感じたものは本物だ。

「だから、ありがとうございます」

はじめは、不安だった。また呪われた子と言われたあの頃に戻るのではないかと。

しかし、蓋《ふた》を開けてみれば、クロウを待っていたのは温かな感謝の言葉だった。絶えずクロウを攻撃していた呪詛と、それから身を守るために纏っていた鎧をバラウルによって剝がされ、クロウはさっきまでとても無防備だった。だが、たった今、新たな鎧が身体に纏われるのを感じる。

自己肯定感、というのは、こういうものだろうか。

「〈よくやった〉」

バラウルの手が伸びてきて、いつものようにクロウの頭をくしゃくしゃと撫でる。自分は彼の期待に応《こた》えられたのだと、誇らしい気持ちが胸に湧く。

あれだけ悩んでいた頭痛は、もうしない。

「ふふっ」

思わず洩《も》れた声に、バラウルもふっと息を零して笑った。

それからの日々は、より充実したものになった。

朝起きて、朝食を作ってふたりで食べたあと、休憩所で作る料理の下拵《したごしら》えをする。それが終わったらバラウルの背に乗って、山の中腹近くまで飛んでいく。そして昼前から夕方まで休憩所で過ごす。だれがいつ来てもいいように、小屋の扉は常に開け放たれている。

何組もの旅人が来る日もあるし、だれも来ない日もあった。

警戒して逃げていく人もいたし、金を寄越せと脅すような人もいた。

クロウに危害を加えようとする者は、バラウルが火の魔法を見せるとすぐに逃げていくので、恐怖を感じることもほとんどない。

陽が落ちる頃に山頂に戻り、夕食の準備をして、他愛《たわい》のない話をしながら食事をとる。そのあとは星を見ながら風呂に入り、ふたり一緒の布団で眠る。

忙しいけれど、穏やかな日々だ。

ただ、たまにバラウルの天操がうまくいかないときがあって、そのことをクロウは心配していた。

今日もまた、昼食を食べているとき、突然頭を押さえたかと思うと、バラウルの頭上に暗雲が立ち込めた。雷が鳴り、間もなく豪雨で数歩先も見えなくなった。

「バラウル様……っ、大丈夫ですか？」

慌ててクロウはバラウルの傍に跪《ひざまず》いたが、彼は「大丈夫だ」と全然大丈夫ではなさそうな顔で頑《かたく》なにクロウの介助を拒んだ。

「いいから、〈座れ〉」

「……っ、はい」

命令され、抗《あらが》いがたい何かに気圧《けお》されるように、クロウは土がつくことも厭わずにその場にぺたりと座り込んだ。雨粒は、バラウルの魔法によってふたりの周りには落ちてこない。乾いた地面のゴツゴツとした感触が脛《すね》を刺したが、不思議と痛みは感じなかった。

それよりも、彼に命令されると、頭の中心が火照《ほて》って余計なことは考えられなくなる。

彼の言葉のとおり遂行することこそが、至高。そんなふうに甘いときめきが身体中を犯していく。

この格好は、まるで犬だ。客観的に見ればとても滑稽《こっけい》な光景だろう。それでもなんの抵抗もなしに従ってしまうのは、おそらく彼が神竜という尊い存在だからなのだとクロウは思っている。

「〈スプーンを拾え〉」

バラウルが言った。先程頭を押さえた際に落としてしまったらしい。彼の足元に落ちたスプーンを、クロウは言われたとおりに拾った。それを差し出すと、バラウルの表情が少し和らいだ。

「〈いい子だ〉」

「……！」

この言葉を聞くために、生きている。そう思うほどの悦《よろこ》びが、全身を駆け抜けていく。

この人のために尽くすのだという思いが、褒められるたびに強固になっていく。

そうしているうちに雨は止《や》み、雲は霧散して晴れ間が覗いた。

「はあ……」

頭痛は消えたようだが、バラウルの具合はまだ悪そうだった。今日は早めに山頂に帰ることにして、まだ陽も高いうちに休憩所を閉めた。

体調の悪いバラウルに運んでもらうのも忍びなかったが、クロウひとりを乗せたところで何も変わらないと言われ、いつもどおり彼の背に乗る。

竜の姿のバラウルは、鱗《うろこ》がひんやりとして気持ちがいい。夏にはありがたい冷たさなのだが、今日はほんのりと温かかった。

——熱でもあるのだろうか。

よくよく観察してみれば、息も荒い気がする。

何か自分にできることはないだろうか。そう考えて、クロウはきゅっと唇の内側を噛《か》んだ。

バラウルの体調が戻る方法。それを自分は知っているではないか。

そもそも、バラウルの体調不良の原因は、発情だ。伴侶がいないせいで溜《た》まった性欲が暴走し、身体に不調をきたしている。

バラウルは自分には性欲はないと言っていたが、ほかに説明のしようがないし、クロウにあんなことをした理由も思いつかない。

バラウルの伴侶になってくれそうな女性を見繕って連れてくるべきなのではないかと、クロウは少しまえから思っていた。

しかし、それを考えると胸が痛い。

バラウルと自分以外が生活圏内に入ってくるのが嫌だ。それに、もしバラウルが女性を気に入り、クロウを邪魔だと思うようになったら――……。

その懸念のせいで、バラウルに提案もできていない。

自分はなんて醜い人間なのだろう。目のまえでバラウルが苦しんでいるというのに、それを解決する策を伝えもしない。

「着いたぞ」

「あ、ありがとうございます」

考え事をしているうちに、山頂に戻ってきていた。人間の姿になったバラウルの顔を覗き込むと、やはりまだ覇気がない。

「少し休む」

そう言って、バラウルはベッドに倒れるように寝転んだ。

「明日以降の天気をまた調整しないとな。一瞬だったが、雨を降らせすぎた」

極端に降り注いだ雨は、どこかで土を崩しているかもしれない。それを憂慮したのか、バラウルの口からため息が洩れた。

彼がどれほど心血を注いで、このアレスの地を守ろうとしているか、クロウは知っている。それなのに、自分勝手な我儘《わがまま》で、彼を救う手立てに気づかないふりをしている。

本当にそれでいいのだろうか。

この先もずっと、彼が苦しみ続けるのを傍で見ていることに、自分は耐えられるのだろうか。

――バラウル様にはこんなにもよくしてもらっているのに。僕ときたら自分のことばかり……。捨てられるとか、まだわかりもしないことに悩んで、馬鹿みたいだ。

クロウは一度強く目を瞑《つぶ》ってから、深呼吸をした。

言わなければ、きっと後悔する。せっかくバラウルに誇りを与えてもらったのに、自分のせいでそれを失ってしまう。そのほうが、もっとずっと嫌だ。

「……バラウル様。ひとつ提案があるのですが」

虚《うつ》ろな目が、クロウを見た。

「なんだ？」

「伴侶となってくれる女性を探してはどうでしょうか」

「は？」

クロウの言葉に、バラウルの眉間《みけん》に深いしわが刻まれた。

神竜の伴侶に、人間をあてがうのは、あまりにも不敬だっただろうか。しかしクロウにはほかに方法は思いつかない。

「バラウル様の不調は、以前にも申し上げたとおり、性欲の暴走だと考えられます。それをなくすためにも、伴侶となる女性がいたほうがいいのではと……」

「そんなものはいらない」

遮るように、バラウルが言った。そして起き上がると、クロウの腕を取った。

「そんなものを探すくらいなら、おまえがいい」

「え？」

どういう意味だ、と問うまえに、取られた腕を強く引かれた。

「あ……っ」

気づけばクロウはバラウルの上に倒れ込んでいて、ぱっと顔を上げれば間近に整った顔立ちが迫っていた。あの日のことを思い出し、クロウの心臓が跳ねる。

真剣な目で、バラウルが言う。

「この空間に、おまえ以外の人間はいらない。そもそも、おまえは俺の……」

しかし、途中ではっとしたように口を閉じ、バラウルはクロウから目を逸らした。無言になってしまったバラウルだったが、クロウの手を離すつもりはないようだ。ぎゅっと摑まれた手首が、痛い。

――そんなものを探すくらいなら、おまえがいい。

拘束されたまま、クロウは先程言われたことを反芻《はんすう》する。あれは一体、どういう意味だったのだろう。

伴侶を勧めたのに、おまえがいいということは、性欲発散の相手はクロウがいいということだろうか。

もしそうだとしたら――……嬉しい。クロウははっきりとそう思った。そしてそう思ってしまった自分に驚いた。

神竜相手にそんな不埒《ふらち》なことを考えてしまうなんて、浅ましい。しかし、ほかでもないバラウルが望むのなら、応えるのが自分の役目でもある。それを喜んで、何が悪いというのだろう。

それに、自分がバラウルの慰みの相手となるなら、ここを追い出される心配もしなくていい。

――なんだ。最初からそうしておけばよかった。

一度相手をしているのだから、クロウにできないことはない。どうして早く思いつかなかったのだろう。

「バラウル様」

クロウはじっとバラウルを見つめ、名前を呼んだ。赤い瞳が、こちらを向く。

「人間の女性が嫌だとおっしゃるなら、僕でいいと選んでくださるのなら、どうぞあなた様の思うようにしてください」

「クロウ、おまえ……。嫌ではないのか？　このまえのようなことをされるのだぞ？」

その質問に、クロウは首を振った。

「あのときも言ったじゃないですか。僕は別に嫌ではなかったと」

むしろ、気持ちがよかった。胸が震えるような快楽に、クロウは呑み込まれた。あの体験をもう一度できるというのなら、喜んでこの身を捧げる。

「……今さら嫌だと言われても、取り消せんぞ」

バラウルの瞳が、じわりと欲望に濡《ぬ》れた。

「はい」

クロウが返事をすると、さっそく命令が飛んでくる。

「〈服を脱いで四つん這《ば》いになれ〉」

言われたとおり、クロウはバラウルの腹の上から退《ど》き、服を脱ぎはじめた。

バラウルと過ごすようになって三月が経つ。健康的な食事と労働のおかげか、クロウの身体は少しふっくらとしてきた。太りすぎというわけではなく、村にいた頃が痩《や》せすぎだったのだ。適度に肉がつき、カサカサだった肌も艶《つや》やかに潤っている。

ぱさりと服が床に落ち、クロウは一糸纏わぬ姿になった。そしてバラウルを見上げるように四つん這いになる。

「〈尻をこちらに向けて高く上げろ〉」

「は、はい……」

恥ずかしい部分を彼の目のまえに晒す。その倒錯的な行為に、クロウはだんだんと息を荒らげていった。気づけばクロウの性器は緩く勃起《ぼっき》していて、ふるふると揺れていた。それを、じっとバラウルが見ている気配がする。

「おまえのここは、綺麗《きれい》な色をしているな」

「あ……っ」

ふいにバラウルの手がそこに触れ、ぴくりとクロウの身体が期待に跳ねる。つつっと裏筋を指が辿《たど》り、雁首《かりくび》を弾く。

「んっ、バラウル、様……っ」

たったそれだけのことで、クロウの性器は完全に芯《しん》を持ち、反り返って腹についた。先端からは先走りが溢れ、そこに触れたバラウルの指を汚す。

「相変わらず感じやすいな」

耳元で囁いたかと思うと、かあっと赤くなった顔のまえに、その手が差し出される。人差し指と親指を開き、そのあいだに架かる糸を見せつけられ、クロウは恥ずかしさに身悶《みもだ》えた。

はしたない人間だと思われただろうかと心配したが、しかし服を脱いだバラウルも同じように雄芯を勇ましくそそり立たせているのを見て、ほっとする。

「〈太腿《ふともも》を締めろ〉」

命令され、クロウはぎゅっと脚に力を入れた。何をするのかと思えば、バラウルが後ろからクロウの腰を掴み、太腿のあいだに硬くなった屹立《きつりつ》を挿し入れた。

「ひ……っ」

その屹立に陰嚢《いんのう》から裏筋までをゴリゴリと擦られ、クロウはあまりの快感に悲鳴を上げそうになった。

「痛かったか」

「いえ、違うんです、その……」

「……ああ。感じすぎてしまった、か」

ふっと衣擦《きぬず》れのような笑い声がして、バラウルが今度は腰を引いた。それによってまた気持ちいいところを刺激され、クロウはびくびくと全身を震わせた。

「あ、うぅ……」

はじめはゆるゆると緩慢な動きを繰り返していたが、だんだんとバラウルの腰の動きが速くなっていく。

まるで交尾のようだ。山の中で、獣が交尾しているのを見たことがある。あれと同じことを人間もするのかと思うと、不思議な気持ちがしたものだ。それと似たことを、今自分はバラウルとしている。

「あっ、あっ、ん、ンン」

動きに合わせて、クロウの口からは艶《なま》めかしい喘《あえ》ぎが洩れる。恥ずかしいと唇を嚙もうとすれば、バラウルが駄目だと言わんばかりに口の中に指を入れてきた。まさか彼を嚙むわけにもいかず、クロウの声は開いた唇から洩れ出て、小屋に響いた。

「脚の力が弱くなっているぞ。〈もっと締めろ〉」

「ん、は、はひ……っ、ああ……ッ」

バチンと強く尻を叩《たた》かれる。痛いはずなのに、クロウが感じたのは鋭い快感だった。じんじんと広がる痛みの余韻に、恍惚《こうこつ》の表情を浮かべてしまう。

自分は変態なのだろうか。それを気にする余裕もなく、クロウは頽《くずお》れそうになる身体に力を入れ、バラウルの剛直を太腿のあいだで締めつけた。

「ああ、〈上手だ〉」

気持ちよさそうにため息をついたバラウルの指が、クロウの口から引き抜かれる。だが、クロウにはもう声を我慢する思考など残ってはいなかった。

「あっ、は、うっ、うう」

バラウルの律動に合わせて喘ぎ声が洩れ、それがさらに欲情を煽《あお》る。だらだらと先走りが竿《さお》を伝い、バラウルのものと混じってぬちゃぬちゃと水音が激しくなった。

「こちらも可愛がってやろう」

唾液《だえき》に濡れた指先を、バラウルはクロウの乳首に這わせた。

「あ……ッ」

先端をきつく摘《つ》まれ、感じたことのない種類の快感に、クロウは激しく悶えた。

乳首なんて、自分で触ろうと思ったこともなかった。そこが性感帯だとも、知らなかった。男の乳首など、なんの役にも立たない飾りだと。

「やはりここも敏感だな。もう硬くしこってきているぞ」

ほら、とバラウルが指で挟み、こりこりと弄《もてあそ》ぶ。

「あっ、ああ……っ、駄目、駄目です……っ」

二ヶ所も同時に責められては、身が持たない。

だが、バラウルの容赦のない責めは続いた。乳輪をくるくるとなぞり、乳首に触れるか触れないかのところで寸止めし、クロウが焦《じ》れて自ら胸を動かした途端、乳首をぎゅっとつねる。

「あンッ、くっ、ああ……っ」

そのあいだにもバラウルの腰の動きは止まらず、だんだんとクロウも射精したくて堪《たま》らなくなる。

――出したい。出して楽になりたい……っ。

しかし、あともう少しというところで、バラウルがぴたりと動きを止めた。

「え……？」

なんで、と振り返ったクロウに、バラウルは新たな命令を下す。

「〈どうしてほしいか言ってみろ〉」

「それは……」

どうしてほしいかなんて、決まっている。このまま激しく腰を動かし、性器を擦りあげてほしい。乳首ももっと虐《いじ》めてほしい。けれど、それを口にするのは憚《はばか》られる。あまりにはしたないからだ。

じわじわともどかしさが募り、クロウは唇を舐《な》めた。

「言えないのか？」

バラウルが目を眇《すが》め、試すように訊く。言わなければ、このまま放り出されるのだろう。しかしそれ以上に、バラウルが失望するような気もする。そんなことは、絶対にあってはならない。

「どうなんだ？」

促され、クロウは決意すると、自らゆっくりと腰を動かしはじめた。乳首にも手を遣り、圧《お》し潰《つぶ》しながら、言う。

「バラウル様……っ、もっと激しく動いて、僕で気持ちよくなってください……っ、乳首も、つねって、虐めてほしいです、んん……っ！」

自分の言葉に、クロウは恍惚を感じた。恥ずかしいのに、その恥ずかしささえ、脳を気持ちよく溶かしていく。

バラウルは、こんな自分に呆《あき》れただろうか。

だがその答えはすぐにわかった。クロウの股《また》のあいだでおとなしくしていたそれが、ぐんっとさらに大きくなったからだ。

「あ……」

そのことが嬉しくて、クロウはあえかに息を洩らした。その途端、バラウルの律動が激しさを増して再開された。

「よく言えたな。〈いい子だ〉。褒美に、たっぷりと虐めてやろう」

「バラウル様、嬉しい、です……っ、あっ、ああ……！」

乳首を嬲《なぶ》られ、さらには片方の手で、クロウの屹立に触れられる。剝《む》き出しの先端を扱《しご》かれ、クロウはとうとうまえのめりに頽れた。

それを咎《とが》めるように、ぴしゃりとバラウルが尻を打つ。

「うっ、申し訳、ございません」

「あともう少しだ。踏ん張れよ」

その一言に鼓舞され、手に力を入れて身体を起こす。

そうだ。忘れていた。自分が気持ちよくなるのではなく、バラウルを気持ちよくさせるのが、クロウの役目だ。

ぎゅっと太腿に力を籠め、前後するバラウルの熱を絞るように挟む。

「く……っ、いいぞ、クロウ」

「あ、んん、うっ、ンン……」

そして、だんだんとバラウルの呼吸が激しくなり、がぶりと肩口を噛まれたかと思うと、どくどくと脈動がクロウの性器に伝わってきた。

「い……っ」

噛まれた痛みに、クロウは顔を歪《ゆが》ませる。焼けるような痛みだ。しかし、その痛みも、「〈よかったぞ〉」というバラウルの称賛で、快楽にすり替わる。

気づけば自身もびゅるびゅると白濁を放っていて、今度こそぺたりとベッドにうつ伏せた。

荒い息をつきながら、ふわふわと心地のいい解放感に、クロウは浸った。ふとバラウルはどうだっただろうと振り返れば、髪を掻き上げながら満足そうにため息をついている。

「具合は、どうですか？」

「ああ。おまえのおかげでよくなった」

「それはよかった」

心からそう思って笑うクロウに、バラウルが訊く。

「後悔はしていないか？　これからも、俺の相手をしてもらうことになるが」

「していません」

はっきりと、クロウは首を振った。後悔など、するはずがない。もし伴侶となる女性を連れてくることにバラウルが同意していたら、もっと後悔していただろう。だから、こうなったことは、後悔どころか僥倖《ぎょうこう》だった。

「これからも、バラウル様のためならば、喜んでお相手いたします」

「……そうか」

ふっと苦笑し、バラウルがクロウを撫でた。

そうして、いつもの日常に、バラウルの性欲を発散させるという行為が組み込まれることになった。

＊＊＊

クロウに触れていると、心が落ち着く。だが一方で、その身体をめちゃくちゃに暴きたいという欲望も、己の中で大きくなっていく。

これがDomの本能か、とクロウの身体を弄びながら、何度も思った。心酔とも言えるクロウの眼差《まなざ》しを見ていると、支配欲が満たされ、快楽が脳に広がり、不調がたちまち消えていく。

しかし、自分の気持ちはどこにあるのだろう、と考えることも増えた。

身体の繋《つな》がりは、本来好きな者同士が行うことだ。男同士で、子どもが望めるものでもないのなら、なおさら。

これではクロウの厚意にただ甘えているだけになる。自分が神竜だからと、逆らえないクロウに無理をさせているのではないか。Subの本能がなければ、クロウはバラウルに触れられたくはないのではないか。

ガルズ村の呪縛《じゅばく》から解き放たれ、いろいろな見た目の人間がいることをクロウは知った。健康な男子なら、成人したあとは伴侶を見つけて家庭をつくるものだ。クロウにも当然その権利はある。バラウルのもとに留《とど》まらなくてもいいのなら、幸せな家庭を築く未来があったかもしれない。

だが、クロウがいることの心地よさを知ってしまった今、バラウルは彼を手離せそうにない。

だから、クロウが突然「伴侶となる女性を探しては」と言ったとき、思わずすべてを話しそうになってしまった。

——おまえは俺の番だ。伴侶となるべきは、おまえ自身だ、と。

似たようなことは言ってしまったかもしれない。

発散する相手はクロウがいい。

それは一種の愛の囁きにも聞こえる。しかし初心《うぶ》すぎるクロウには、きっと伝わらなかったはずだ。そもそも、それが愛によるものだとは思いもしないだろう。

「愛、か……」

つぶやいて、バラウルは自分の胸に甘ったるいものが込み上げているのを感じ、複雑な気分になった。

本能だなんだと難しく考えなければ、バラウルはクロウのことを好ましく思っている。もちろん性的な接触も含めてだ。おそらくこれは人間でいうところの家族愛や友愛を飛び越えた、性愛や恋愛感情と呼ぶものだろうということは、クロウと過ごしているうちに理解してきた。相手を抱きたいだなど、それ以外の何ものにも当てはまらない。

自信のなさそうだった顔は、奉仕活動という仕事を通して、今ではだんだんと明るくなっていっている。

――バラウル様。今日もまたお礼を言ってもらえました！

嬉しそうに報告し、照れた顔で笑うクロウを、愛しいと感じずにはいられなかった。

なんでも二言目にはバラウル様、バラウル様、と可愛らしい雛鳥のようについて来るのに、ベッドの上では途端に妖艶《ようえん》になってバラウルを煽る。そんな多面的な顔も、また好ましかった。

純粋で人一倍繊細で、だが自分の境遇に負けずに立ち向かおうとする強さも持っている。時には失敗して泣きべそをかくこともあったけれど、泣いたあとは必ずまえを向いた。

やさしくて、いじらしい。

そんなクロウの幸せを、バラウルはいつも祈っている。

祈っているからこそ、再びバラウルの思考は〝番の本能〟に帰着する。

そんなものに支配されている自分が、本気でクロウを愛しているなどと言ってもいいものか。答えは、未だに出ていない。

そんな本能が備わっていることを知ったら、クロウも自分と同じように悩みだすに違いなかった。だから、バラウルはクロウには伝えない。

真実を知っているのは、自分だけでいいのだ。

暑さも落ち着いてきた初秋の頃。山の木々は衣を脱ぐように緑から赤へと変わりはじめていた。

バラウルの天操の乱れは、クロウに出会うまえと比べてだいぶ落ち着いてきた。

とはいえ、未だ激しい雷雨を伴って乱れることがあり、それは決まってクロウが年頃の女、あるいは男と接触を持ったあとだった。

万が一クロウがだれかに恋をして、バラウルから離れたいと思うようになってしまったら。そんなくだらない悩みが、バラウルの心を乱し、ますます支配欲を掻き立てた。

クロウの自信がつけばとバラウルが提案したことだが、まさかこんなふうに裏目に出ることがあろうとは、思いもしていなかった。

イオナド山の治癒の魔法使いとして、今やクロウの名前は旅人のあいだで広まりつつある。その噂《うわさ》はアクラキャビクの街にも届いていて、ふたりで買い物をしていると、病を治してくれないかとせがまれることも何度かあった。

しかしクロウの魔法は、怪我は治せても病は治せない。

そのことを伝えると、「偽物だ」と罵《ののし》られることもあった。クロウはただ「ごめんなさい」と頭を下げ、受け止めなくてもいいその言葉を申し訳なさそうに受け止めた。

そういう輩《やから》は代わりにバラウルが凄《すご》んで追い払ったが、大丈夫かとクロウに問えば、本人は案外平気そうに頷く。

「大丈夫です。僕にはできることとできないことがある。それだけのことですから」

前向きな言葉ではあるが、少し諦観《ていかん》も滲んでいて、それを聞いたバラウルはやるせない思いがした。

今日もたった今、よろけて転んだ老婆の擦り傷を治してやったら、病は治せないのかと訊かれたばかりだ。

「僕は表面的な怪我しか治せません」

そう言って首を振ると、老婆はがっかりしたように肩を落とし、おざなりな礼を言って去っていった。

「失礼な婆《ばばあ》だな。傷を治してやったというのに」

文句を言わないクロウの代わりに、バラウルが鼻を鳴らす。

「まあまあ。長生きしたいんですよ、きっと」

「ああいう婆は心配しなくても長生きする。なんたって肝が太い」

バラウルの冗談に、クロウが肩を揺らして笑った。

「確かに、そうですね」

それに安心し、バラウルはクロウの腰を抱いて、買い物の先を促す。

「さあ、食料を買い込んで帰るとしよう。今日は街で夕食をとって、帰ったらすぐに風呂に入って酒でも飲むか」

「そんなこと言って、バラウル様は僕にお酒を飲ませてくれないじゃないですか」

不満そうに頬を膨らませて、クロウが言った。

「一口で酔っぱらうからだろう。何度か飲ませてやったのに、まったく強くならんおまえが悪い」

「それは、そうですけど……」

つるりと綺麗な額に、しわが寄る。

バラウルに対して、こんなふうに軽口を言えるようになったのは、大きな進歩だ。以前は崇拝の対象として、言葉を交わすのも慎重そうなときが多々あった。

こんなふうに不満を口に出せるのは、ほかでもない、心を許してくれているという証拠でもあった。安心して甘えられる存在に、バラウルはなりつつあるのだ。

「酒の代わりに、うまいミント茶を淹《い》れてやる。それでも足りないなら、風呂に入りながら氷菓子はどうだ？」

「……っ！　それで手を打ちましょう」

クロウはバラウルが氷魔法で作る氷菓子が好物だ。夏の茹《う》だるような暑さの中、ひんやりとした氷を削って果汁をかけてやったら、大層お気に召したようで、以来氷にかける果汁や蜜《みつ》を熱心に研究していた。

今では様々なバリエーションがあり、レモンやオレンジ、紅茶、蜂蜜《はちみつ》味などがある。中でもクロウは苺《いちご》果汁の上に練乳をかけたものが一番のお気に入りのようだった。

だんだんと涼しくなってきて、氷菓子を食べると寒くなりすぎるということもあり、近頃は控えていたが、風呂の中で食べれば寒くなることもないだろう。

買い物と夕食を済ませ、山頂に帰って、さっそくふたりは風呂の用意に取りかかった。

バラウルは風呂に水を張り、炎魔法で適温に温める。クロウはというと、氷室に保存してある苺果汁と練乳、それからバラウルのための酒とつまみを手に、全裸のままやって来た。

互いの裸も、すっかり見慣れた。

とはいえ、支配欲が安定しているときでさえも、クロウの恥部を見るとぞわぞわと腰の辺りがむず痒《がゆ》くなる。

あの白くて細い身体が自分を慰め、いやらしい声で啼《な》いて乱れるのを想像しそうになり、バラウルは月を見上げるふりで視線を逸らしながら、自分の纏っていた衣を脱いで全裸になった。

ちゃぷん、と静かに湯に浸《つ》かって、ふう、とため息をつく。すぐに「どうぞ」と横から酒の器が出てきて、バラウルは礼を言ってそれを呷《あお》った。そしてクロウの持っている器に氷を出して、風魔法で細かく削っていく。

完成したそれに苺と練乳をかけ、クロウは肩まで湯に沈めて、氷を頬張りはじめた。しかし欲張って一気に口に入れすぎたのか、顔をしかめてこめかみを押さえている。

頭痛が収まってから、はあ、と満足そうな息を吐き、月を見上げて言う。

「怠惰ですね、こんなふうにお風呂でお菓子を食べるなんて」

「風流というんだ、こういうのは」

「なるほど。ものは言いようですね」

ふふっと笑って、もう一口、クロウは氷を口に運んだ。

「……俺にも一口くれないか」

あまりに美味しそうに食べるものだから、バラウルもほしくなる。

「いいですよ。はい」

苺のたっぷりかかったところをスプーンで掬《すく》い、クロウが口元に持ってきた。まるで母親が子どもにやるような仕草だ。――あるいは恋人に。

余計なことを考えそうになり、バラウルはぱくりと氷を口に入れると、素早くスプーンから口を離した。

「うまいな」

「ですよね！」

嬉しそうに頷いて、クロウは続きを頬張りはじめる。

長閑《のどか》な風景だ。傷つくことがあっても、うまい食事と風呂、それからふたりの時間があれば、傷は簡単に癒《い》えてしまう。この生活には、なんの問題もない。

バラウルが秘密を押し留めてさえいたら、この時間はクロウが死ぬまで続いていく。

「もう一口」

ねだるように言い、バラウルはクロウの肩に手を回した。

「……仕方がないですね」

肌の接触に、一瞬クロウの身体が跳ねる。しかしその緊張もすぐに解かれ、湯の温度と混じって境目も消えていく。

クロウに差し出された氷を頬張りながら、バラウルは月を見上げた。

「綺麗な満月だな」

「……本当に」


クロウが来て、五ヶ月が経った。

紅葉の時期も過ぎ、山はすっかり枯草色だ。山頂には薄《う》っすら雪が積もりはじめていて、クロウは幼い子どものように雪遊びに興じている。

雪だるまを作って入口に飾ったり、無意味に雪玉を作っては木にぶつけたりと忙しそうだ。

「僕、雪遊びってしたことがなかったんですよね」

イオナド山の山頂付近に雪が積もることはあっても、麓《ふもと》に積もるのは珍しい。村の子どもたちは皆、雪が積もった日には大はしゃぎで外を駆けずり回る。だが、そこへクロウが交じることは許されなかったらしい。

家の中から真っ白な地面を見つめて、足跡をつけるのを空想していたという。

「バラウル様が作る氷みたいで、美味しそう」

「口には入れるなよ。大気中の塵《ちり》が含まれているからな」

「こんなに綺麗なのに」
止めなければ、果汁をかけて食べそうな勢いだ。
バラウルは氷魔法もできるが、天操で雪を降らせることはしない。気温に関してはこの星の神に任せており、バラウルが雨を降らせると、寒い中では自然と雪になるという仕組みだ。
だから意図的にバラウルが雪を積もらせたりしないのだが、クロウの喜ぶ姿を見ている
と、少し多めに雨を降らせて大雪にしてもいいかも、と心が揺らぐ。そんなことをすれば、
麓に影響が出るのはわかっているので、やりはしないけれど。
「休憩所に行くときは厚着をしろと言っただろう。このまえ買ったマフラーはどうした」
いつもの服に中綿の入った外套《がいとう》一枚を羽織っただけのクロウに、バラウルが眉をひそめ
る。休憩所のある中腹はまだ寒さはひどくないが、長時間外にいると人間のクロウは風邪《かぜ》
をひいてしまうだろう。
「ああ、そうでした。動き回ってたら暑くて」
小屋の入口に置きっぱなしにしていたと慌てて取りに戻り、ぐるぐると首に巻きつけて
から、バラウルの背中に乗る。
「バラウル様は寒くありませんか？」
「俺は体温を調整できる生き物だからな。寒かろうが暑かろうが問題はない」

しっかり掴まっておけよ、といつもどおりに注意して、バラウルは羽ばたいた。なるべくクロウに当たる風が強くならないように、夏場に比べてゆっくりと飛行する。

「冬は山に登ってくる人間も少なくなるから、雪が降ったら奉仕活動は中止したほうがいいかもな」

「いいえ。だからこそやる意味があるというものですよ。冷えた身体には温かいものが必要です。僕たちを当てにしてくる人もいるかもしれませんし」

確かに、クロウの言うとおりだ。あそこに休憩所があることは知れ渡っているし、以前通った人がまた帰りに休憩所を訪れたこともあった。基本的に小屋には鍵《かぎ》をかけず、好きに使っていいことにしているが、暖をとったり食事をしたりすることはできても、怪我の治療はできない。クロウの力を当てにしている人間からすれば、がっかりするだろう。

「それもそうだな。おまえがやりたいと言うなら、俺も反対はしない」

「あっ、もしかしてバラウル様は冬眠されるとかですか？」

「まさか！」

そんなものは神竜にはない。だいたい、バラウルが眠ってしまったら天操ができなくなってしまう。

バラウルはただ、クロウに無理をさせたくないだけだ。

「おまえも休息をとったほうがいいと思って提案しただけだ。いらないと言うのなら、それでいい」

「お気遣いありがとうございます。でも僕は平気です」

そんなふうに会話をしていると、あっという間に休憩所付近へと辿り着く。中腹の気候はまだそれほどの寒さではなく、クロウはマフラーと外套を脱いでから準備を始めた。

今日の料理は、東の国々で人気の家庭料理だという。以前、バラウルが毛皮を売った貿易商が言っていた、世界三大美女のアマテルヒメがいたとされる、ヒノミヤ帝国。そこがその料理の発祥らしく、料理本に書かれたそれを見て、クロウは目を輝かせていた。

自分と同じ見た目の人間が住む国の食べ物なら、きっと美味しく感じられるだろう、と。

人間の街を長年観察していたバラウルだったが、海を越えた国のことまでは知らなかった。それがどういう料理か、食べたこともなければ見たことすらない。どうやって作るのか興味があった。

……が、自分にも仕事がある。休憩所に置いておく薪を切らないといけない。

小屋から少し離れたところに移動し、密になっている木々の一部を刈り取り、燃やしやすいよう中の水分を乾燥させ、適度な大きさに切って紐《ひも》で括《くく》ってひとまとめにしておく。

山頂にも雪が積もってきたから、おそらくもう半月もしたら、ここにも雪が降り積もるだろう。念のため、多めに薪を作っておくか、とバラウルは少し遠くまで足を延ばすことにした。

しばらくして、竜の姿でも持ちきれないほどの薪ができあがった。これで当面は大丈夫だろう。バラウルは人間の姿のまま一束を背中に背負った。この近辺は木を刈ってしまったせいで見通しがよく、人目につきやすいのだ。旅人を驚かせないように、竜の姿になるのは控えている。

のそのそと歩いて休憩所まで戻っている途中、小屋が見えたところでバラウルは立ち止まった。

「ありがとうございます、天使様」

聞き慣れぬ男の声がしたからだ。

——天使様？　クロウのことか。

今までにも、クロウに怪我を治してもらって、神の御遣いと呼んでいた人間がいたことはある。だが、天使様とはあまりに可愛すぎる呼び名ではないか。

「僕は神竜様にお仕えするただの人間です。天使様なんて畏《おそ》れ多い」

クロウが困ったような声で答えた。

「ではお名前を教えてくださいませんか」

媚《こ》びへつらって男が訊いた。バラウルは足音を立てないようにそうっと近づくと、木の陰に隠れて様子を窺う。

クロウよりもひと回りほど上だろうか。三十歳くらいで、動物に例えるならば狐《きつね》のような細目の男だ。

どことなく、嫌な感じがする。

「……クロウ、と申します」

「クロウさん、ですね。なんて素敵な名前だ。私はニールと申します。ここであなたに会えたのは、神のお導きかもしれません」

ニールという男はぱっとクロウの手を摑むと、跪いてその手に軽いキスを贈った。

――は？

と、バラウルはこめかみにビキビキと青筋を浮かべた。

――何をやっているんだ、あの男は！

汚らわしい口でクロウに触れるなど、言語道断だ。

「ちょ、何を……っ。そういうのは、女の人にやるものでは？　僕は男ですよ」

クロウも慌てた様子で手を振りほどこうとする。だが、ニールは頑なに手を離そうとしない。

「離してください……っ」

クロウの悲痛な声に、バラウルは飛び出そうとした。

しかし、そのまえに、ニールの言葉が耳に届く。

「男だとか女だとか、そういうことは関係ありません。私が信仰する神は、男同士の愛も認めています。——心に従え。愛に従え。私はその教えに従ったまでのこと。私はあなたに助けられ、一目で恋に落ちました。だからどうか、この恋を成就させてください、クロウさん」

「そんなことを言われても……」

戸惑って視線を泳がすクロウが見える。しかし、クロウはもう、無理やり手をほどこうとはしていなかった。

その事実が、バラウルの脚を縫い止めた。

人間は、なんの生産性もない男同士の恋愛を認めている。少なくともニールの信仰する宗教では、そうらしい。

だから、ニールはクロウを口説いている。

クロウはクロウで、彼の言葉を受け止めようとしている——ように見えた。少なくともバラウルには。

「先程も伝えたとおり、僕は神竜様に身も心も捧げています。あなたと恋愛関係になるなんて、できません」

クロウが今度ははっきりと首を左右に振った。バラウルはそれを見てほっと息をついた。

だが、そのあとのニールの言葉に、またしても固まった。

「神竜とは、この霊脈イオナドの神竜のことですか？　あれは近年荒れに荒れて、邪竜となったと聞いております」

「な……っ」

「あなたはそんな邪竜の傍にいて、幸せに生きていけるとお思いですか？　本当はこんな寂しいところにいるよりも、街に下りて賑《にぎ》やかな生活を送りたいのでは？　私なら、力になれますよ」

にこっと満面の笑みを浮かべ、ニールが言った。

——邪竜。

ぎくりと心臓が嫌な音を立てた。アレスを守るべくして生まれてきた自分が、まさかそんなふうに言われるとは。

だが確かに、ここ数年のバラウルの不調は言い訳ができない。支配欲をうまく発散できなかったせいで、麓の人間たちには多大な害をもたらしてしまった。もしかしたら、水害に巻き込まれて死んだ者もいたかもしれない。

だとしたら、そう言われても仕方がない。それは自分も認める。——が、それよりもバラウルの心に刺さったのは、クロウの幸せについての言及だった。

山頂でのふたりきりの生活よりも、同族のいる街での生活のほうがいいのではないか。

それはバラウルもたびたび考えていたことだった。自分は居心地のいい生活を送っているが、クロウの本心はどうなのだろう。Subの本能が消えたら、バラウルのもとから去っていくのではないか。

　クロウの本当の幸せを願うのなら、ニールのような人間の男、ないしは女に託すほうがいいのではないか。

「邪竜だなんて、無礼なことを……！　取り消してください！」

　クロウが顔を真っ赤にして叫んだ。同時にニールの手も振りほどき、そのこぶしは怒りに震えていた。

　しかし、ニールには効いていないようだ。

「ああ、可哀想《かわいそう》に。すっかり邪竜に毒されているのですね。今度は私があなたを癒《いや》す番です。さあ、私と一緒に街へ行きましょう。伴侶として、何不自由ない生活を送らせてあげますから」

　振りほどかれた手を、再びニールが取ろうとする。

「やめてください！」

　クロウが胸のまえでぎゅっと腕を抱え、後ずさる。唇は震え、きょろきょろと視線を動かしている。きっとバラウルを探しているのだろう。

　どうすればいいのか、バラウルはわずかに迷った。しかし。

「バラウル様……っ！」

　自分を呼ぶ声に、バラウルは決意した。

――少なくとも、嫌がる相手を無理やり連れていこうとする男には、クロウは任せられない。

いつか、クロウが自分のもとを離れるときが来るかもしれない。だが、それは今ではない。絶対に、あの男相手ではない。

痛む胸に正直に、バラウルはクロウのもとへと文字どおり飛んでいった。

人間の姿のまま翼だけを生やしたせいで、背中の薪がガラガラとものすごい音を立てて落ちていく。バラウルはクロウのまえに立ち塞《ふさ》がると、ニールをぎろりと見下ろした。

「ひ……っ、邪竜、だと……!?　本当にいるとは……」

情けない声で、ニールが距離を取った。

「クロウになんの用だ。嫌がっているのに連れていこうとするなど、誘拐と同じ行為だぞ、人間」

威嚇《いかく》するように、バラウルは手のひらに火の玉を出した。翼だけではなく、額にも角を出し、異形だと知らしめる。余程の馬鹿でない限り、これで戦意は削《そ》がれるはずだ。

気に食わない人間だとしても、本当に傷つけるわけにはいかない。そんなことをすれば、クロウが哀しむ。そっと息をついて怒りをコントロールしながら、バラウルはニールに相対する。

「魔法で脅すとは野蛮な……っ。クロウさん、再度問います。本当にこの邪竜に仕えて幸せになれるとお思いですか？　一生愛を知らずに生きていくおつもりですか？」

私ならあなたを愛せる。ニールは甘ったるい口説き文句で、なおもクロウを誘惑しようとする。

「黙れ！」

バラウルは吼《ほ》えるように言った。

「傲慢な人間よ。これ以上無駄口を叩けば、その両目をくり抜いて二度とクロウを拝めない身体にしてやる……っ」

一歩まえに出る。ニールが気圧されて、また一歩下がった。

そのときだった。

「バラウル様、おやめください」

クロウがバラウルの陰から歩み出て、目のまえで両手を広げた。――ニールを庇《かば》うように。

「なんのつもりだ、クロウ。そこを退け」

「退きません」

まさか、その男の肩を持つつもりか。そう思った途端、手のひらの炎がごうっと音を立ててより一層激しく燃え盛った。どこからともなく厚い雲がやって来て、頭上の空を覆い尽くす。

「ニールさん。今のうちに行ってください」

「いや、クロウさん、君も一緒に……」

なおも諦めないニールを、クロウは一喝した。

「僕はあなたとは一緒になれません。あなたに恋心を抱けませんし、ここにいることが僕の幸せなんです」

「嘘だ」

「嘘じゃありません」

これだけクロウが拒否しているのにもかかわらず、ニールは未だに引く気配がない。彼はどうやら本気でクロウが邪竜に毒されていると思っているらしい。

バラウルに精神を左右する魔法は備わっていない。ここにいるのも、クロウの意思にほかならない。

——本当にそうか？

クロウの意思だと思う一方で、バラウルの脳裡《のうり》に疑心が湧く。

バラウルが故意に魔法を使っていなくとも、Subの本能は勝手に作用するのではないか。

バラウルから離れないように、バラウルのために生きるように。

だったらそれは、ニールの言う「毒されている」と何が違うというのだろう。

それに、現にクロウはニールを庇った。そんな男、どうなろうと構いはしないだろうに。

自分を連れ去ろうとした野蛮な男だというのに。

「クロウさん、君はまだ若くて、美しい。何より類稀《たぐいまれ》なる治癒魔法という才能もある。ここにいるより、もっと広い世界を見たほうがいい。私なら見せてやれる。それがどうしてわからない……っ！」

いつの間にか、ニールの敬語が取れていた。もどかしげに歯噛みするその顔は、醜く歪んでいた。

「そうおっしゃられても……。はっきり言って、迷惑です」

クロウがバッサリと断ち切るように言った。

「な、なんだと……っ⁉」

ニールが怒りを湛《たた》えて、クロウに手を伸ばそうとする。だが、触れるまえにバラウルの炎が彼の手を焼いた。

「ぐあ……っ」

「バラウル様！　駄目です……っ」

「うるさい。こいつはおまえに危害を加えようとした。それを追い払おうとして何が悪いというのだ」

ニールを治癒しようとするクロウを抱き留めて、バラウルはふわりと浮き上がった。

クロウがニールを庇うのが、腹立たしい。どうして自分よりも、たったさっき会ったばかりの男を優先しようとするのだろう。

「早く去《い》ね、人間」

一刻も早く視界から立ち去らなければ、本当にすべて焼き尽くしてしまいそうだ。先程からどくどくと、激しい頭痛がバラウルを襲っていた。腹の底からも煮えるような欲求が広がりつつある。このままでは、この場でクロウを犯してしまう。

「もう行きましょう、バラウル様」

治癒を諦めて、クロウが言った。その顔は苦しそうにしかめられている。怪我を負ったニールを見ないようにか、クロウはバラウルの胸に顔を埋《うず》めると、ぎゅっと目を閉じた。

これでは、バラウルのほうが悪いことをしているようだ。そのこともまた、バラウルの怒りを昂《たかぶ》らせた。

威嚇のようにニールの周りで炎を爆発させ、驚いて尻もちをついた男を見て、少しだけ溜飲《りゅういん》が下がる。

「二度とこの山に立ち入るな」

最後にそれだけ言い捨て、バラウルはクロウを抱えたまま、山頂へと舞い戻った。

「……一体どういうつもりだ」

小屋にクロウを押し込めて、バラウルは訊いた。

「どうしてあの男を庇った」

先程から、ふうふうと荒い息が抑えられない。これを収めるには、もう命令してクロウの痴態を見るしか方法がない。

「庇ったわけでは……」

クロウが首を振る。

「だったらなんだと言うんだ！」

声を荒らげ、バラウルはクロウをベッドに押し倒した。

「バラウル様……っ」

「〈おとなしく服を脱いですべてを晒せ〉」

バラウルが命令すると、何か言いかけたクロウは口を閉じ、黙って服を脱いでいった。

部屋の空気は、今朝《けさ》出たときと変わらず暖かいままのはずだが、クロウの身体は小さく震えている。

すべてを脱ぎ去って、クロウがベッドにそっと仰向けになり、バラウルによく見えるように脚を大きく開いた。晒された中心はピクピクと跳ねていて、じっとバラウルが見つめていると、だんだんと首をもたげて大きくなっていった。

「〈膝裏に手をやって、脚を持ち上げてもっと大きく割り開け。尻の穴までよく見えるようにな〉」

「……っ」

白かったクロウの肌が、さあっと朱に染まっていく。しかしそれでもクロウはバラウルの命令を聞いて、言われたとおりに脚を持ち上げた。

クロウの雄の先端からは、もうとろとろと透明な液体が洩れ出ていた。それが竿を伝い、陰嚢の横を滑り落ち、よく締まった後孔までをも濡らしていく。バラウルはそこに指を遣ると、先走りを指先に絡めてくるくると襞《ひだ》をなぞった。

「あ……っ」

あえかにクロウが啼いた。そして困ったようにバラウルを見つめる。

「そこは、汚いです、バラウル様」

それを無視して、バラウルは言う。

「なあ、クロウ。知っているか？　先程の男が言っていた、男同士の恋愛というのはな、ここを使って交わるのだそうだ」

「え……？」

訊き返すクロウに答えるように、バラウルは「ここだ」と、指の先端をクロウのひくつく穴に埋めた。そこはまだ狭く、バラウルの指を拒絶する。

「ああ……っ」

クロウの尻がびくりと跳ね、その拍子に脚を持っていた手が外れた。バラウルの手が潰され、指先も抜けてしまった。

「何をしている。〈脚を上げて尻穴をよく見せろ〉と言っている」

「は、はい……、申し訳、ございません」

はあはあとクロウは呼吸を乱して、もう一度脚を持ち上げた。

「ふっ、まるで赤ん坊がおしめを替えてもらうときの格好だな」

バラウルが失笑すると、クロウの雄芯がさらに膨れ上がり、色も薄桃からいやらしい赤へと変わっていった。

「み、見ないでください……」

そう言いつつも、クロウの視線は縋《すが》るようにバラウルを見つめている。胸の尖《とが》りもぴんと上を向いて硬くしこっている。見ないでというのが嘘だと、すぐにわかる。

「何を言っている。本当はもっと見てほしいんだろう？〈正直に言え〉」

人質を取るように、バラウルはクロウの硬くなった芯を握った。その途端、そこはむくむくと一気に硬さを増し、陰嚢もぎゅっと上へと持ち上がる。

「あっ、うう……、はい、もっと、バラウル様に見てほし、……です！ひっ、や、ああ……んっ」

きちんと言えた褒美に先端をぐりぐりと親指で潰すと、高い声でクロウが啼いた。

「〈ちゃんと言えてえらいな〉」

その嬌声《きょうせい》に、バラウルも衣を纏っているのが邪魔になってくる。すべてを脱ぎ去って、自身もぱんぱんに膨らませた怒張をクロウの内腿に押し当てる。

すると、「あっ」と期待の籠もった目が、そこに注がれた。

刷り込みのようなものだ。今までさんざん、クロウには雄同士を一緒に擦るという快楽を叩き込んできた。だからバラウルの硬い強直を見るだけで、疼《うず》く。

しかし、今日は擦るだけで済ますつもりはない。

——もしもの話だ。もしもこの先、何かの拍子にSubの本能がすっかり消え去ってしまったとき、クロウが人間と一緒にいることを選んだとしたら。

バラウル以外とこんなふうに肌を合わせる日がくるかもしれない。女相手だったらそれを抱き、男相手だったらきっと抱かれる側だろう。

バラウルは不安だった。もしも、が頭を埋め尽くし、クロウを支配しろと本能が強く囁きかける。

クロウがだれかのものになるまえに、自分の手で汚したい。新雪を踏み荒らすように、何も知らないクロウを犯したい。

「〈ここの力を抜け〉」

バラウルはそう命令し、クロウの後孔に再び指を突き入れた。

「ふ……っ、ンンッ」

外れそうになる手を必死に留め、クロウはなおも脚を上げている。つらい体勢だろうに、と同情したくなるが、それでも健気《けなげ》に自分の命令を聞いていると思うと、果てしなく気分がいい。

バラウルは自身のごつごつした性器を何度か擦り、そこから溢れ出る先走りを指に絡めた。潤滑油代わりだ。クロウの窄《すぼ》まりにそれを注ぎ、指をさらに奥へと押し入れる。

「あっ、く……うう」

痛みからか、クロウが呻《うめ》いた。額には脂汗も滲み出ていて、少し可哀想になる。だが、ここでやめようとは思わない。バラウルは太い指をクロウの中で掻き回し、気持ちよくなる箇所を探す。

やがて、クロウの腹の内側を撫でていると、クロウの身体がぴくりと跳ねるところを見つけた。そこをしつこいほど擦ってやるうちに、苦しそうだったクロウの顔がだんだんと蕩《とろ》けてきた。

「気持ちいいのか？」

バラウルが問えば、クロウがこくこくと頷いて言った。

「むずむずして、変になりそう、です」

「痛みは？」

「もうありません。……んっ、ああっ」

クロウの言うとおり、気づけば後孔は縁も緩み、くぱくぱと物欲しげにひくついている。

二本目を追加すると、バラウルの指を難なく呑み込み、スムーズに出入りができるようになっていた。

中で指を広げ、バラウルの太い幹を呑み込めるように、縁をさらに緩めていく。

「ははっ。いやらしい身体になってきたぞ、クロウ。どうだ、ここで俺のものを受け入れたいと思わないか？」

ひたひたと充血した剛直でクロウの太腿を叩きながら、バラウルは訊いた。クロウの目がそれを追い、ごくりと喉を鳴らす。

「これを、どうしたい？〈言え〉」

「それは……」

クロウは恥ずかしそうに言い淀むが、後孔がきゅうっとバラウルの指を食《は》み締めた。それが答えだ。

「下の口で答えられてもな。きちんと声に出して言うんだ。ほら、〈言え〉」

促すように、バラウルは指を動かす。気持ちいいところに当たり、クロウは身体をしならせて喘いだ。

「あ、ああ……っ、バラウル様、駄目、動かしたら、変になる……っ」

「そうか、嫌か。それならばもう指も必要ないな」

もっとほしがっているのをわかっていながら、バラウルは意地悪くずるりと指を引き抜いた。

「あ……」

案の定、クロウが切なそうに眉根を寄せた。そして離れていくバラウルの手を引き留めて、それから自ら穴を見せつけるように、手で尻たぶを割り開いた。解されたそこは閉じ切らず、中の粘膜の赤がひくひくと蠢《うごめ》いている。

「バラウル様の、それを、僕の中に挿《い》れてください……っ」

「挿れるだけでいいのか？」

「……っ、挿れて、掻き回して、気持ちのいいところを、突いてください……っ！」

なんという痴態だろう。普段は純朴でおとなしい少年が、バラウルの性器を自身に突き立ててほしくて、秘所を晒してねだるとは。あまりの光景に、目眩《めまい》がするほど興奮が高まっていく。

「〈いい子だ〉……っ」

バラウルは竿に手を添えると、その切っ先をクロウの蕩けた穴へと押し当てた。

「あっ、ああ……っ、バラウル様のが、挿《はい》ってくる……」

先へ進むにつれ、太くなるそれに、みちみちと狭い淫道が悲鳴を上げる。だが、それでもクロウの表情には恍惚が浮かんでいて、口の端からは涎《よだれ》が溢れていた。バラウルも、クロウの肉に包まれ、その快感に気を抜けば達してしまいそうになる。

バラウルは体重をかけ、自身をすべて収めてから、クロウの涎を舐めとった。

「全部挿ったぞ。痛くはないか」

「ちょっと苦しいけど、大丈夫です」

限界まで広げられた穴の縁に手を遣ると、ひとつになっているのがよくわかった。

——クロウの純潔を、俺が散らしてしまった。

申し訳なさが一瞬だけ顔を出すが、それよりも歓喜が胸を満たしていく。

「動くぞ。おまえはただ気持ちよさに揺さぶられていればいい」

「はい……、ンッ、あっ、あっ、んん」

クロウの膝に裏腿に手を置き、バラウルは腰をズンズンと落としてクロウの肉輪で幹を擦った。絡みつく内壁が、恐ろしいほど気持ちいい。自分の手でするよりも、何倍もの快楽が、脳を犯していく。従順な番を、ただ一方的に支配する快感。それが堪らない。

ばちゅばちゅといやらしい肉のぶつかる音に、クロウの喘ぎ声も混ざる。それから、動きに合わせてクロウの屹立も腹にぺちぺちとぶつかり、刺激を与えているようだ。

「〈乳首を自分で触れ〉」

脚はもうバラウルが押さえているため、離しても問題ない。バラウルの命令に従って、クロウは恐る恐る自分の乳首に手を伸ばした。

「あん……っ」

その途端、一際甲高い声でクロウが喘いだ。すでにバラウルがそこでの快楽の拾い方を、教え込んでいるため、クロウは尖りを圧し潰したり捏《こ》ね回したりと、器用に虐めていった。後孔もそれに合わせ、バラウルを締めつける。律動が、速くなる。

「あっ、あっ、ああ、バラウル様、僕、もう……ッ」

初めてだというのに、クロウはもう後ろでの達し方を知っているようだ。

「〈もう少し我慢しろ。俺がおまえの中に子種を放つまで〉」

「ん……っ、うう」

クロウは耐えるため、ぎゅっと唇を嚙んだ。じわりと血が滲み、バラウルは慌ててそれを止めようとした。涎を舐めとったときのように、咄嗟に口でクロウの唇を塞ぐ。

「んむ……っ」

そうしてから、はっとする。これでは口づけだ、と。だが、クロウの唇を奪ったということに、バラウルはまた恍惚を覚えた。貪るように唇を吸い、舌を挿し入れ、口腔《こうこう》を蹂《じゅう》躙《りん》する。

上も下も繫がって、いよいよ境目がわからなくなってきた頃、バラウルは絶頂の気配を感じた。さらに律動を速め、クロウを深く抉《えぐ》っていく。

「ん、ン、ふぁ……っ」

クロウの限界も近いようだ。

「もう少しだ、クロウ。……くっ」

「んっ、ああっ、バラウル様、バラウル様……ぁ」

「ぐ……っ」

クロウの肉壁が一層強くバラウルを食い締めて蠕動《ぜんどう》する。その刺激に、いよいよバラウルの我慢も限界を迎えた。クロウの身体を押さえつけ、最奥まで切っ先を突き入れ、びゅるびゅると白濁を流し込む。

「う……っ、クロウ、〈イッていいぞ〉」

腰をぐいぐいと押しつけながら、バラウルは最後の命令を下した。途端、クロウの身体がびくびくと跳ね回った。

「ん、あああ……――っ！」

そして間もなくして、鈴口から溶岩のようにとろとろと白濁が溢れ出す。

きちんと命令どおりに、我慢した。それを褒めるように、バラウルはクロウの艶やかな黒髪を撫でた。

「〈よく我慢したな。えらいぞ〉」

「……んっ」

未だ感じ入っているのか、クロウは小さくぴくぴく身体を震わせながら、バラウルの手を気持ちよさそうに受け入れた。

今まで何度も肌を合わせてきたが、一線を越えたのは今日が初めてだ。胸には幸せで心地のいい感覚が広がっている。

――が、バラウルのやったことは禁じ手だ。本能に逆らえないのをわかっていて、クロウの意思を無視して身体を繋げたのだから。

「……酷いことをして悪かったな」

いつまでもこの心地よさに浸っていてはいけない。バラウルはついっと視線を逸らして、クロウに謝罪した。

「え……？　どうしてバラウル様が謝るのですか……？」

心底理解できないというふうに、クロウが首を傾げた。

「怒りに任せておまえを無理やり抱いたからだ」

ニールに嫉妬《しっと》して、クロウを疑って、だから抱いた。自分のものにしようとした。

「どうして、怒ったんですか？」

クロウが訊く。

「それは、おまえが俺よりもあの男を庇ったからだ」

つまり、嫉妬だ。何よりも自分を優先してほしかった。あんな男のことなど放っておいて、賛同してほしかった。それなのに、クロウは――。

「庇っていませんよ」

　クロウがぱちぱちと瞬きながら言った。

「は？　だったらなぜあのとき俺を止めた」

「だって、あのままではバラウル様が悪《あ》し様に言われるでしょう？　僕は、バラウル様の評判を上げたかった。たとえおかしな人相手でも、恐《こわ》がらせてしまってはバラウル様の名に傷がつきます。僕はそれを心配して……」

　クロウの説明を聞いて、バラウルは身体から力が抜けるのを感じた。

　最初からクロウは、バラウルのためを思って行動してくれていたのだ。確かにあの場面で温厚にやり過ごせなかったのは、バラウルの落ち度だ。そのあとのことなど、考えてもいなかった。ただただクロウを守りたい一心だった。

「バラウル様、聞いていますか？」

　クロウが心配そうに覗き込んでくる。

　それを見て、愛しい、と思った。

　支配欲は満たされたというのに、胸に湧き上がるこの〝愛しい〟という感情。

　間違いなく、これは愛だ。バラウルは、クロウを愛している。家族として、それから、伴侶として。

「ああ、ああ……！」

　泣きたい気持ちというのは、こういうことかとバラウルは思った。今まで一度も涙を流したことがないというのに。哀しさではなく、バラウルは愛しさで初めての涙を流す。

「クロウ、よく聞いてくれ。俺はおまえを愛している。この世の何よりもおまえが大切だ。俺の番として、どうかこれからも傍で生きてほしい」

感情が溢れて、止まらない。がしりとクロウの肩を掴み、乞《こ》うように言った。目のまえのクロウは驚いて目を丸くしている。

どうか、この気持ちを受け取ってほしい。そして願わくば、「はい」と頷いてほしい。自分も同じ気持ちだと。

祈るように目を閉じて、バラウルはクロウの返事を待った。

＊＊＊

突然の告白に、クロウは驚きを隠せなかった。いや、前兆はあった。今まで自慰だけを求めていたのに、今日はバラウルの欲情はそこで留まらず、とうとう身体を繋げてしまったのだ。

だが、クロウはそれでも構わなかった。バラウルの役に立てるのなら、この身体だって差し出す覚悟はとうにできていたのだから。それに、恥ずかしいとは思っても、嫌だとは微塵《みじん》も感じなかった。むしろもっと触れてほしくて、中まで満たしてほしくて、はしたなくもねだってしまったほどだ。後悔はしていないし、バラウルにもしてほしくない。酷いことをしたと謝罪をされたが、そんなふうには思っていなかった。

「俺はおまえを愛している」

だからバラウルの言葉を聞いたとき、クロウは腹の底から湧き上がる感情に、最初は名前をつけられなかった。じわじわと言葉を脳が理解して、ようやく自分の気持ちを悟る。

——愛している。

頭の中で反芻したこの言葉が、すとんと腑《ふ》に落ちる。

そうだ。自分はバラウルを愛している。どこにも行き場のなかった自分を受け入れてくれて、世界を広げてくれたバラウルを。自分に価値を与え、微笑みかけてくれる彼を、愛している。

「僕も……、僕もバラウル様を——……」

こちらを見つめる赤い瞳に、クロウは頷こうとした。

だが、そのときだ。バラウルは突然苦しそうに顔を歪め、それからクロウの肩を摑んでいた手を離した。具合でも悪くなったのだろうかとクロウが覗き込むと、しかしバラウルは小さく「すまない」とつぶやいて、力なく首を振った。

「……やはり、おまえに隠し事はできない。愛しているから、なおさらに」

どういう意味だ。隠し事とは、一体何を指しているのだろう。首を捻るクロウに、バラウルは深呼吸をしてから向き直った。

「おまえのその性質のことだ」

「僕の、性質……？」

「ああ。ここに来てから、随分と頭痛もマシになっただろう」

そういえば、ここのところ酷い頭痛はしていない。神竜である彼の傍にいるから、何か神秘的な加護が働いているせいかと思っていたが、バラウルの様子からして、何かほかにあるのだろう。

「ああ。おまえが思春期を迎えてから今まで、頭痛や体調不良が続いただろう？　それは、おまえが生まれつき俺の番（Submissive partner）になることが決まっていたからだ」

「番……？」

言っている意味が、わからない。たった今、番になってくれと言われたばかりなのに。生まれつき番になることが決まっていたとは、どういうことだ。

「おっしゃっていることが、よくわからないのですが……」

さらに説明を求めると、バラウルは先代ファヴニルから伝え聞いたことを、ぽつぽつと話しはじめた。

神竜の中には生まれつき凶暴なまでの支配欲（Dominant dragon）を持つものがいて、

その神竜は成人を迎えたとき、天操ができなくなることがあるという。その乱れを癒すのが、Subと呼ばれる従順な番だった。

つまりバラウルは支配欲を満たすため、命令をしなければ欲求が収まらない性質で、クロウはちょうどその逆、命令されることによって欲求を満たす性質なのだそうだ。おそらくはこの主従の関係が成り立つことにより、神竜を支える存在を造り出そうという神の計らいではないか、とバラウルは言った。

「だからもし、おまえが俺に対して肯定的な感情を持っているのだとしたら、その番の本能に従っているだけなのかもしれないのだ」

思い当たる節があるだろう、と問われ、クロウは黙り込んだ。

初めてバラウルに出会ったとき。クロウは自分の意思とは関係なしに、彼に屈服した。命令されたことにより、悩みの種だった頭痛は跡形もなく消え失せた。

――自分はただ、本能に従っていただけだったのか……？

そんなまさか、と笑おうとしたけれど、笑えなかった。今までの自分の行動が、気持ちが、途端に信じられなくなる。今しがたバラウルに感じていた感情は、間違いなく本物だと思うのに、疑念がそれに翳《かげ》を落とした。

「……それでは、バラウル様が今、愛しているとおっしゃったのも、本能によるものですか？」

バラウルにもDomの本能があるのなら、先程の言葉は嘘ということになる。

しかし、クロウの質問にバラウルははっきりと首を横に振った。

「俺は何度も自分の心と対話をしてきた。おまえに対するこの気持ちは本能によるものか、そうでないのか。そしてよく考えた結果が、愛しているということだ。本能はもちろん、俺はおまえの献身的な姿や心の温かさを好ましく思っている。これは間違いなく、俺の心だ」

それが真実だと裏づけるように、バラウルの視線はぶれもなくまっすぐにクロウを見つめている。

「バラウル様……」

心臓が、どくりと高鳴る。だが今は、この心臓の音ですら、クロウには信じられなかった。信じていたものが瓦解《がかい》し、足元に何もないのと一緒だ。

「……少し、考える時間をください」

バラウルには考える時間があっただろうが、クロウはたった今聞かされたばかりだ。頭の中がぐちゃぐちゃで、まとまりそうもない。クロウはさっと視線を逸らすと、裸の身体をぎゅっと縮こめて、拒絶するように首を振った。

「……わかった」

頷いて、バラウルの気配が離れていく。小屋の中にひとり残され、クロウはぐったりとベッドにうつ伏せた。

身体のあちこちが、痛い。初めての交わりで慣れない格好をしたせいだろう。いつつけられたのか、ところどころに赤い痣《あざ》のようなものが散っている。彼と交われて、つい先程まで浮かれた気持ちでいたのに、今はどん底の気分だ。

「この気持ちは、愛じゃないの……？」

話を聞かなければ、疑いもしなかった。こんなふうになるのなら、言わないでいてほしかった。バラウルに対して、少しだけ恨めしい気持ちが湧く。

しかしバラウルも、ずっとこの疑問に悩んできたのだろう。出した答えが、真実かどうかは別として。

はあ、と深いため息をつき、クロウは目を閉じた。

時間をくれと言ったのはいいものの、具体的にどうすればいいのか、わからない。しばらく方法を考えていたが、何も思いつかないまま、気づけば夜になっていた。

「食事、作らないと……」

気怠《けだる》い身体を起こし、外にいるであろうバラウルを探しに行く。どこにいるのかと思えば、寒いだろうに彼は屋根に積もった雪の上で大の字になっていた。

「バラウル様。そろそろ食事にしますから、中へ入ってください」

クロウが軒下から声をかけると、叱《しか》られた子どものような不安げな顔で、バラウルが頷いた。降りてきた彼の手に触れてみれば、驚くほどに冷えていた。

自分がここにいることで、バラウルに気を遣わせてしまうかもしれない。ここはもともと、バラウルの棲《す》み処《か》だ。本来ならばクロウのほうが遠慮すべきだった。

気まずい空気の中、クロウは調理を済ませ、ふたりで食卓についた。

そこでふと、昼間楽しみにしていたヒノミヤ帝国の料理を食べ損ねていたことに気がついた。外套もマフラーも、休憩所に置きっぱなしだ。明日取りに行かねば。

食事を終え、バラウルが風呂の準備を始める。いつもはふたり一緒に入っているが、今日ばかりは無理そうだ。バラウルもそれがわかっていて、クロウに先に入ることを勧めてきた。降ってくる雪を見上げながらひとり湯船に浸かり、バラウルの残滓《ざんし》を洗い流していく。その行為がひどく寂しく、クロウは少しだけ泣きたくなった。


その翌日、考えたいことがあるから、とクロウはひとりで休憩所に行くことにした。数ヶ月奉仕活動をしていて、脅されたことはあっても命の危険を感じたことはない。盗賊も滅多に出ない土地だ。

外套とマフラーを取ったらすぐに戻るから、と渋るバラウルを説得し、片道一刻ほどの山道を下っていく。

山頂は足首が埋もれるほどの雪が降っているが、山を下りるにつれ、それも減っていく。

休憩所近くになるともう雪は積もっておらず、はらはらと灰色の空から羽虫のように舞い落ちては消えていった。

休憩所の小屋が見えて、クロウはほっとして足を速める。だが、もう少しというところで、はっと立ち止まった。

見知らぬ男が四、五人、小屋の前に立っていたのだ。服装から見るに、アクラキャビクの兵士らしい。街に行ったときに何度か見かけたことがある。腰にはサーベルを携えていて、物々しい雰囲気だ。

「ここか、イオナドの神竜が出るというのは」

バラウルの話が出て、クロウは息を潜めた。クロウの名前は広まっていても、神竜が一緒だということまでは知られていないはずだった。

——ただひとりを除いては。

昨日のニールという男だけは、バラウルがここに来ることを知っている。

「まさか……」

昨日の仕返しに来たのだろうか。バラウルが火傷《やけど》を負わせたから、怒っているのかもしれない。今日は一緒に来なくてよかったと、ほっと胸を撫で下ろす。

「神竜だなどとんでもない！　あれはただの邪竜です！」

聞き覚えのある声がして、クロウはもう少しだけ身を乗り出す。すると、兵士たちの向こうにやはりニールの姿があった。細い目をカッと見開いて、憤怒《ふんぬ》の表情で捲《ま》くし立てている。

「これを見てください。昨日邪竜に囚《とら》われた少年を助けようとしたら、炎魔法で私に攻撃を仕掛けてきたのです！　どうやらその少年も邪竜の一味なようで、攻撃された私を助けるどころか、嘲笑《あざわら》っていました……。あれは悪魔です。あんな者たち、早く始末してしまわなければ、アクラキャビクにも被害が出ますよ」

でたらめな証言に、クロウはぐっとこぶしを握った。攻撃を仕掛けたのは事実だが、それはニールが嫌がるクロウを無理やり連れていこうとしたからだ。一目惚《ひとめぼ》れしただのなんだの言っておきながら、翌日には悪魔呼ばわりとは、呆れてものも言えない。

「まあ確かに、アレスの天候はここ数年乱れて、水害も出ていたしな。本当に神竜だというならば、人間が困るようなことはしないはずだ」

「そもそも、神竜と呼んで祀《まつ》っているのは、あの辺鄙《へんぴ》な北の麓のガルズ村だけじゃなかったか？　俺たちアクラキャビクの人間のあいだでは、信仰なんてものもないし」

「本当にその竜が人間を襲ったとなれば、大問題だ」

「討伐もやむなしだな」

兵士たちのあいだから、恐ろしい言葉が出た。クロウはぞっと背筋に寒気を感じた。

なんとか誤解を解かなければ、バラウルに危害を加えられてしまう。人間たちがいくら束になろうときっと彼には敵《かな》わないだろうけれど、いがみ合っては駄目だ。

クロウは咄嗟に兵士たちのまえに飛び出した。

「やめてください！　イオナドの神竜は、バラウル様は邪竜などではありません！」

突然現れたクロウに、兵士たちは瞠目した。

「こいつです！」

ニールが叫んでクロウを指差した。

「こいつが例の邪竜と一緒にいた悪魔です！」

それを聞き、兵士たちは一斉にサーベルを抜いて構えた。向けられた敵意にクロウは怯《ひる》みかけるが、後ろめたいこともないのにおどおどしては説得力もないだろうと、キッとニールを睨《にら》みつけた。

「僕は神竜バラウル様に仕えているガルズ村のクロウ・オブシディアンと申します。ニールさんのその怪我は確かにバラウル様の炎によるものですが、それはニールさんが僕を無理やり連れ去ろうとしたのが原因で……」

「でたらめを言うな！」

クロウの言葉を遮って、ニールが言った。

でたらめではありません、とクロウも否定しようとする。だがそのまえに、はっと何かに気づいた表情を浮かべたあと、ニールがにやりと下卑た笑みを浮かべた。

「待て。今ガルズ村と言ったな？」

「それが何か」

「ガルズ村の連中は、みな銀髪青眼のはずだ。それなのにおまえの見た目はどうだ。黒髪黒眼ではないか！　この嘘つきめ！」

「それは……っ」

ざわりとどよめきが起こり、兵士たちがクロウを懐疑的な目で見はじめた。

「そうだ。黒髪なんて、あの村で生まれるわけがない」

「もし仮に本当だとしても、呪われてるんじゃないのか？　黒なんて、……まるで悪魔の色だ」

——呪われた子。

まさかこんなところで再び聞くとは思わなかった。ずきん、と胸が痛む。気持ち悪いものでも見るような視線が、チクチクとクロウの心を刺す。

だが、そんなものに負けてはいられない。ここでクロウが反論しなければ、バラウルはどうなる？

「……僕のことはどう言われても構いません。ですが、バラウル様を侮辱するようなことは言わないでいただきたい。最近は天候もきちんと操れるようになりましたし、人々のために尽くしてくださっています」

ハッとニールが笑った。

「人々のために尽くす？　こんな火傷を負わせておいて」

「ですからそれは……」

「兵士様、こいつの言葉を聞いてはなりません。出自を偽ったことからも明白でしょう。こいつは嘘つきで狡猾《こうかつ》。――人に害をなす邪竜に魅入られた悪魔です」

なんて屈辱的な言葉だろう。胸の中にぶわりと怒りが湧き、クロウは思わず叫んでいた。

「……っ、バラウル様を侮辱するな!!」

ニールに摑みかかろうとすると、それを兵士たちのサーベルが止めた。喉元に切っ先を突きつけられ、クロウは身動きが取れなくなる。

「正体を現したな」

ひとりの兵士が忌々しげに言い、彼の命令でクロウはあっという間に拘束されてしまった。口にも猿轡《さるぐつわ》をつけられ、声も出せない。ニールはそんなクロウを見て、ほくそ笑んでいる。

「ん、んん……！」

「一応見た目は人間だからな。裁判にかけないといけない決まりがある。それまで牢《ろう》にぶち込んでおけ。おっと、抵抗するなよ。おまえが何者であれ、こちらには強力な魔法使いがいるんだからな」

頭に麻袋を被《かぶ》せられ、手にかけられた縄を引っ張って歩かされる。嫌だと脚を止めれば、容赦なく脹脛《ふくらはぎ》を蹴飛《けと》ばされた。

——バラウル様……。

先刻別れたばかりのバラウルの顔がまぶたの裏に浮かぶ。しかしその顔は哀しげで、クロウは自分が彼の愛を拒絶したことを今さらながら後悔した。

こんなことになるのなら、素直に愛を伝えておけばよかった。

今までバラウルが与えてくれたものは、感情は、すべて本物だった。たとえ本能だとしても、だからなんだというのだ。そもそも、人間は理性だけで生きているのではない。本能と理性が混じり合ってこそのひとつの人間だ。

バラウルを愛している。

その気持ちがここにあるのなら、確かにそう感じるのなら、疑う必要なんてなかったのだ、最初から。

こんな状態になってから、それに気づくなんて。

目尻から涙が溢れ、つーっと顎のほうへと伝っていく。

このまま、裁判にかけられ、殺されてしまうのだろうか。せめて最期に、バラウルに一目会いたかった。

しかしそう思うのと同時に、これでよかったのかもしれないとも思う。愛を受け入れて番になっていたとしても、クロウがすぐに死んでしまうのなら、バラウルはどれだけ哀しむだろう。だったら、愛想を尽かせて出ていったと思われたほうが、救いがある気がする。

クロウは酷いやつだったと、すぐに立ち直って忘れてくれるかもしれない。

そしてまた、クロウ以外のだれかが現れ、バラウルの傍で番として生きていく。

そんな未来を想像すると、暴れ出したいほど胸が痛くなる。どうにかしてこの状況を打開できないかと思うが、反論できないのでは成す術もない。

――ごめんなさい、バラウル様。

クロウはひたすら心の中でバラウルに謝ることしかできなかった。

＊＊＊

昼を過ぎても、夕方になっても、クロウが帰ってこない。

休憩所まで歩いたとしても、朝早く出ていったのだから、もう帰ってきてもいい頃だ。

今日は外套とマフラーを取ってくるだけだと言っていたから、まさか約束を違《たが》えて食事まで作っているとは思えない。いや、作っていたとしても遅すぎる。

それとも、何かあったのだろうか。不穏な考えに、心臓がどくどくと脈打ちはじめる。

ひとりで考えたいと言われたから放っておくつもりだったが、もし何かあってからでは遅い。

「……迎えに行くか」

バラウルは小屋の外に出ると、竜の姿になり、ばさりと翼をはためかせた。

クロウを乗せているときはゆっくり飛んでいるが、ひとりならばその何倍もの速さで飛べる。風を切る音が高くなり、あっという間に休憩所の上空だ。それまでにクロウの姿は見つけられなかったため、まだ休憩所にいる可能性が高い。

空に浮かんだまま人間の姿に戻り、バラウルは風魔法で静かに地面に降りた。

と、そのときだ。木の陰から人が飛び出してきたかと思えば、バラウルに向かって走ってくる。

「神竜様、大変です……!!」

だれかと思えば、以前親子でここを訪れたことのある旅人の男だった。確か家が火事に遭って、アクラキャビクの親類のところに行くと言っていた。

「どうした、そんなに慌てて」

先程の竜の姿を見られていたらしく、神竜と呼ばれたことには驚いたが、男はそれを気にする様子もなく、ただただ焦った様子だった。

彼はバラウルの傍までやって来ると、はあ、と息をつき、顔を上げて続けた。

「神竜様と一緒にいたあの黒髪の少年が、アクラキャビクの兵士に連れていかれてしまって……！」

「何？」

信じられない言葉に、バラウルは顔をしかめた。一体どういうことだ。

「何やら細目の男と揉《も》めていたようで、神竜様のことを悪く言うなと反論した少年を、兵士たちが拘束して連れていってしまったんです。あいつら、神竜様を邪竜などと呼んで……」

「細目の男だと？」

昨日のあの男に違いない。まさか、たったあれだけのことで恨みを持つとは。こんなことなら、歯向かえなくなるほどに痛めつけておけばよかった。チッと舌打ちをすると、旅人がびくりと肩をすくませた。いつの間にか、威圧のオーラが洩れ出ていたらしい。

「申し訳ありません。私にはただ見ていることしかできなくて……」

「謝らずともよい。武器を持った相手に立ち向かうのは勇気がいる。だれもおまえを責めたりしない。それよりも、知らせてくれたことに感謝する。……それで、クロウはどこに？」

「おそらくは、アクラキャビクの牢獄かと。ただ……」

旅人は言いづらそうに顔を俯《うつむ》けた。

「ただ、なんだ」

バラウルが促すと、彼は静かに首を振りながら言った。

「神竜様を討伐するという話もしていて……。きっと戦闘態勢を整えているでしょうし、向こうには名の知れた魔法使いもいるようなので、危険かもしれません」

「だからなんだというのだ」

バラウルはハッと鼻で笑い、手のひらに火の玉を造り出す。

「クロウは俺の番だ。たとえ危険であろうとも、取り返さないなどあり得ない」

それに自分は、天操を司る神竜だ。人間がいくら束になってかかってこようとも、負けることなど絶対にない。

バラウルはすぐに竜の姿になると、祈るように手を合わせた旅人にもう一度礼を言って、空高く飛び上がった。

アクラキャビクまでなら、風魔法で身体を強化すれば一瞬だ。パンッと弾けるような音を立て、矢のように飛んでいく。

昔一度竜の姿を見られ、恐がられて以来、人前では人間の姿を保つようにしていたが、クロウを取り返すためならば、もう人間たちにこの姿を隠しておく必要はない。

「きゃあああ！」

「なんだあれは！」

頭上に突然現れた巨大な黄金の竜に、アクラキャビクの人間たちが悲鳴を上げた。それを気にも留めず、バラウルは街中に視線を巡らせた。

「クロウはどこだ……っ、牢獄はどこにある！」

吼えるように問うのに合わせ、ピカッと稲妻が走った。先程まで晴れていた空には暗雲が立ち込め、ゴロゴロと雷が鳴っている。

頭が、痛み出す。昨日満たしたばかりだというのに、支配欲がむくむくと腹の底で育っていき、もう暴走寸前にまでなっている。

それほどまでに、バラウルは怒っていた。ここまで心が乱れると、もはやバラウル自身にも天操の制御はできない。やがて大粒の雨が、アクラキャビクを水の底に沈めてしまうだろう。

だが、それでも構わない。知ったことではない。

——俺の番を、クロウを連れ去ったおまえたち人間が悪いのだから。

「黒髪の少年を見た者はいないか！　牢獄に捕えたと聞いたが、だれかそこへ案内しろ！」

バラウルが訊く。だが、だれもが恐れて答えようとはしなかった。

脅すように、バラウルは目についた街路樹に雷を落とす。バチバチとものすごい音を立てて、木が真っ二つになり、燃えはじめた。悲鳴がさらに大きくなる。住民たちはみな、バラウルを恐れて逃げ回りはじめた。

「いたぞ！　こっちだ！」

そのとき、どこからか大きな声が上がった。クロウの手がかりかと思って見てみれば、そこにいたのは軍服を着た屈強な男たちだった。数十人はいるだろうか。あれがきっとクロウを連れ去ったという兵士たちなのだろう。

「おのれ、よくも俺の番を……！」

咆哮《ほうこう》を上げ、バラウルは兵士たち目がけて飛んでいく。

「かかれ！　邪竜を倒すんだ！」

兵士たちも、おおお、と地鳴りのような喊声《かんせい》とともに、武器を構えた。後方の陣から爆発音がして、銃弾が飛んでくる。が、風の防御壁に守られたバラウルにその攻撃が届くことはない。反撃とばかりにバラウルは炎を吹き、さらにそれを突風に乗せ、わらわらと前進してくる兵士たちの脚を止めた。

「うわあぁっ」

「熱い、熱いぃ……っ！」

熱風が辺りを包み、酸素を奪っていく。苦しそうにもがく兵士たちに、バラウルは鼻を鳴らした。

「早くクロウの居場所を教えろ。さもなくば、おまえたちを塵にしてやる」

しかしそう言い放った瞬間、視界の隅に子どもの姿が映った。脚を怪我したのか、逃げられずに蹲《うずくま》ってガタガタと震えている。このままではこの騒乱に巻き込まれ、最悪命を落としてしまうかもしれない。

——僕がだれかの役に立てたことが何よりも嬉しいのです。

——料理を美味しいと言ってもらえたのも、目を合わせて会話したこともそうです。

……家族以外にお礼を言ってもらえるなんて、今までの人生でなかったことですから。

——僕は、バラウル様の評判を上げたかった。たとえおかしな人相手でも、恐がらせてしまってはバラウル様の名に傷がつきます。僕はそれを心配して……。

ふいにクロウの言葉が脳裡によぎる。

クロウは今まで、なんのために、だれのために尽くしてきた？　心やさしいクロウは、人の役に立つことを何よりも喜んだ。バラウルのことをだれよりも心配した。

だが、今のバラウルはどうだ。怒りに身を任せ、関係のないアクラキャビクの住人たちまで巻き込もうとしている。なんの罪もない人間まで、傷つけようとしている。

——駄目ですよ、バラウル様。

クロウの叱る声が聞こえてくる気がした。

あの子どもを見捨てれば、クロウはきっと哀しむに違いなかった。だからつい、バラウルは攻撃の手を止め、身を守るための防御壁を子どものほうに張り直した。

その瞬間、バラウルは無防備になる。

それを好機と捉え、「今だ！」と叫び声がした。そして途端に、身体の自由が利かなくなる。

「ぐ……っ」

どうして、と地面を見れば、いつの間にか魔法陣が描かれていて、どこからともなくフードを被った魔法使いらしき女がすうっと現れた。姿を見えなくする光魔法だ。治癒魔法ほどではないが、光魔法も使える者は少ないと聞く。

おまけに、この魔法陣。バラウルほどの魔力量を持った神竜を捕らえられる魔法陣は、並みの人間では扱えない代物だ。

「緊縛の高位魔法です。これに捕らえられれば、たとえ竜だろうと逃れる手はありません。観念しておとなしくしてください」

「ふざけるな……！」

なんとか抗おうと全身から魔力を迸《ほとばし》らせるが、激しい頭痛と相俟《あいま》って、身体の内側の魔力が乱れに乱れて思うようにいかない。体調さえ万全なら、あるいは逃れられたかもしれないのに、とバラウルは唇を噛んだ。

「くそ……っ」

こんなところで死ぬわけにはいかない。自分が死んだら、クロウはどうなる？　無実の罪を着せられたまま、処刑されてしまうかもしれない。自分だけならまだいい。だが、クロウは駄目だ。

クロウの人生は、やっと始まったばかりなのだ。

「さっきはよくもやってくれたな！」

そう言って、動けないバラウルの周りを兵士たちが取り囲む。そして槍《やり》やサーベルで、次々とバラウルに斬《き》りかかった。

「ぐあ……っ」

硬い鱗の隙間《すきま》に切っ先が刺さり、鋭い痛みがバラウルを襲った。

――くそ、くそ、くそ……!!

じたばたともがいても、ほんの少し指先が動くだけで、成す術もない。

「喰《く》らえ！　邪竜め！」

バラウルの炎を最前列で受けた兵士だろう。顔に火傷を負っている。彼は忌々しそうに吐き捨てると、持っていたサーベルでバラウルの左目を貫いた。

「ぐ、あああああ――……!!」

今までで一番の強烈な痛みだった。眼底が燃えるように熱く、全身の血が沸騰しそうだ。

しかし、その痛みのおかげで、バラウルの中の魔力回路が繋がった。死地に立たされたときの防衛反応だろう。暴走に近い衝動だったが、バチンッとものすごい音で魔法陣を破ったかと思うと、バラウルは取り囲む兵士たちを薙《な》ぎ払い、再び空へと舞い上がった。

「な……っ⁉　まさか魔法陣が破られるなんて……」

魔法使いが驚きに目を見開く。

あいつは厄介だ。バラウルはまず魔法使いを叩くことにした。防御しても防ぎきれない鋭利な風魔法で、脚を貫く。きゃああ、と悲鳴を上げ、彼女は失神して倒れ込んだ。

あとは、ただ無鉄砲に突っ込んでくる兵士たちだけだ。

「クロウを、クロウを返せ……！　あいつが何をしたというのだ！　おまえたち人間のために尽くした少年を、なぜ牢獄になど……っ」

吼えるバラウルに、銃弾が飛んでくる。バラウルはぼたぼたと血を流しながら、翼はそのままに人間の姿になった。防御力は下がるが、こちらのほうが的が小さく、攻撃が当たらなくて済む。

牢獄はどこだ。前に街を散策したとき、役人の集う建物があったのを思い出す。その近くにあるかもしれない。バラウルは方向を変え、ばさりと翼を翻した。

兵士の警備がついていそうなところをくまなく探してみるが、なかなか見つからず、気持ちばかりが焦る。

「どこだ、クロウ……ッ」

だんだんと、意識が朦朧《もうろう》としていく感覚がする。血を流しすぎたのだ。このままでは、クロウを見つけるまえにバラウルの命が尽きてしまう。

絶望で目のまえが暗くなりそうだ。

しかしそのとき、「神竜様！」と下から声がした。だれだと思って片目で見れば、見たことのある顔が数人、手を振っていた。すべてクロウが山の休憩所で手当てをしてやった者たちだ。

来い来いと手招きされ、警戒しつつも、バラウルはそれに従って地面に降りた。

「まさかあなたが神竜様だとは思いもせず……」

まずは平伏し、頭を下げた彼らに、バラウルは首を振った。

「そんなことはどうでもいい。クロウを……おまえたちを治した黒髪の少年を見なかったか？」

「あの子がどうしたのですか？」

訊きながら、老婆が手際よく手巾でバラウルの左目を止血してくれた。

「悪魔に取り憑《つ》かれただのなんだのと無実の罪を着せられ、牢獄に捕らえられたのだ。俺を邪竜と呼ぶ男の差し金でな」

「そんな……！　クロウ様が悪魔だなんて、あり得ません！　あの方は慈悲深い神の御遣いなのに……」

彼らは次々と助けられたエピソードを口にして、バラウルのためにクロウを探すと約束してくれた。そしてそのうちのひとりが、牢獄の場所を知っているという。

まさに希望の光だった。

「感謝する」

クロウの撒《ま》いたやさしさが、こんなところでバラウルを救うとは。

「こちらです」

元役人だという男について、バラウルは走った。

牢獄は、街外れの石垣に囲まれた要塞《ようさい》のような場所にあった。入口を三人の兵士が警備しており、あれを倒せばもうすぐクロウに会える。

「私が交渉してきますので、少し待っていてください」

元役人の男が言い、バラウルは逸《はや》る気持ちを抑えて頷いた。無駄な争いをするには、バラウルの体力も限界だった。

「捕らえている者の中に、黒髪の少年はいませんでしたか？　彼はイオナドの神竜様にお仕えする方で、無実の罪で捕まったのです。悪魔と言われているらしいですが、そんなことはありません。稀有《けう》な治癒魔法で私は彼に傷を癒してもらいました」

「治癒魔法……って、もしかして〝イオナドの御遣い〟か。山で旅人に施しをするという」

「そうです！　その方です！」

　クロウの噂は、旅人のあいだでは有名な話になっている。警備の兵士もまた、噂を耳にしたことがあるらしい。

「確かにここに収監されている。そんな御方なら助けてはあげたいが……、俺の判断では勝手に釈放したりはできないんだ。わかってくれ」

「そんな……」

　どうやらきちんと真面目《まじめ》に仕事をするタイプの人間らしい。断られた男が、すまなさそうにバラウルのもとへと戻ってくる。

「お力になれず、申し訳ありません……」

「いや、ありがとう。おかげでここにいることはわかった」

　それさえわかれば、あとはバラウルの力でなんとでもなる。

　バラウルは物陰から出ていき、兵士たちのまえに立った。

「我が名は神竜バラウル。クロウを返してもらう」

「神竜様!?」

　動揺した様子で、兵士が銃を構えようとした。だが、バラウル相手に武器を向けていいものか迷ったらしく、その手は引き金に指をかけたまま動けずにいる。

「おとなしくクロウを返してくれるなら、何もしない。俺のまえに立ち塞がるというのなら、容赦なく焼き払う」

さあ、どうする、とバラウルは残った目で彼らを睨みつけた。

彼らからは、あまり戦意を感じない。できれば傷つけずに済ませたい、と願っていたのだが、ひとりが果敢にもバラウルに銃口を向けた。

「おい……っ」

もうひとりが止めようとするが、聞く耳を持たずに突っ込んできた。それをひらりと躱《かわ》し、炎の玉で襟元を炙《あぶ》る。ただの脅しだ。

「うわっ、熱……っ」

「これは警告だ。二度目はないぞ」

「く……っ」

悔しそうに、兵士が呻いた。そしてほかの者と目配せし、はあ、と息を吐く。

「……わかりました。少年のところに案内します。ですが、こちらにも体面があります。俺たちは何も知らなかった。どこかの神竜が勝手に入ってきて勝手に攫っていった。いいですね？」

「ああ。牢の鍵は炎で溶かしておこう」

頷いたバラウルに、今度こそ兵士は銃を下ろした。翼を消し、バラウルは兵士の案内のまま要塞の中に入っていく。

岩壁の中は、外と同じ肌寒さだ。こんなところに入れられていては、寒さに命を落とす者もいるだろう。劣悪な環境の中、鉄格子の向こうでは、幾人もの目に光のない者たちが力なく寝そべっている。

それらを眺めながら、さらに奥へと進んでいく。

歩くたびに、目の疼きがひどくなる。いや、目だけではなく、斬りつけられた脇腹《わきばら》や手足も痛む。バラウルの歩いたあとには、血の線が引かれていた。

「ここです」

一番奥に案内され、重厚な扉を炎でこじ開ければ、そこには手足に枷《かせ》を嵌《は》められたクロウが横たわっていた。口にも猿轡がされ、ぐったりとした様子で目が閉じている。

「クロウ……‼」

バラウルが名前を呼ぶと、ぱちりとクロウの目が開いた。そしてバラウルのほうを見遣ると、ぎゅっと眉根を寄せた。

「助けに来たぞ」

近寄って跪き、バラウルは猿轡を外してやる。すると、クロウは泣きそうな声で言った。

「どうして……そんな酷い怪我を……っ」

「そんなことはどうでもいい。早くここから出るぞ」

兵士から手枷の鍵を受け取り、急いでクロウを自由にする。互いに支え合いながら、牢獄の外に出ると、クロウを慕う者たちに出迎えられる。

——これでもう大丈夫だ。

安心した途端、ぐらりと身体が傾いで、バラウルはその場に倒れ込んだ。意識が遠のいていく。熱い何かが頰を伝い、手で拭《ぬぐ》うと、手巾越しに溢れてきた自分の血だった。もう止血帯の意味を成していない。

死期が近い。バラウルはそれを悟った。

「バラウル様……っ、今助けますから……」

ぼたぼたと涙を流しながら、クロウが跪いて手をバラウルの左目に当てた。だが、いくら魔力を流しても、バラウルの血は止まらない。

「どうして……っ、なんで止まらないの……っ」

おそらく、クロウもかなり精神的に疲弊しているのだろう。バラウルが魔法をうまく使えなくなってしまったように、クロウもまた、治癒魔法を使えない。いや、そもそも、バラウルの傷が深すぎるのだ。

「もういい、クロウ。俺に構っていないで、早く逃げるんだ。もうじき兵士の援軍が来るかもしれない」

「絶対に嫌です！　バラウル様を置いては行けません！」

「我儘を言うな」

「やっと……、やっと自分の気持ちに気づいたのに……、バラウル様を愛してるって、心からそう言えるようになったのに……！　こんな、こんな終わり方……っ」

　認められない、とクロウは駄々っ子のように首を振った。愛の告白に、胸が熱くなる。

だが、それよりも今はクロウの身体のことが心配だった。クロウはなおも治癒をかけ続けていて、このままではいずれ魔力が枯渇してしまう。

「すまない。クロウを連れて逃げてくれないか」

　周りを囲んでいる者たちに、バラウルは頼んだ。しかし、クロウは腕を引かれても頑なに立ち上がろうとはしなかった。

　バラウルは仕方なく、番の本能を利用することにした。

「〈俺を置いてここから逃げろ〉」

　殊更強く、命令する。

　これで、クロウは命令に従わざるを得なくなる。本能に従って、バラウルの命令どおり、ここから立ち去ってくれる。

　そう思っていたのだが――。

「嫌です!!」

　叫ぶように、クロウが拒絶した。

「そんな命令、絶対に聞けない……っ。あなたが死んだら、僕も死にます！」

　バラウルの命令に背いたせいか、クロウの顔が痛みに歪む。

「どうして言うことを聞いてくれないんだ」

愛しているからこそ、死なせたくない。この命を引き換えにしても、クロウを守りたい。それなのに。

「いたぞ！　邪竜だ！」

遠くから、がなり声が聞こえる。兵士たちがもうそこまで迫っている。

「お願いだ、クロウ。逃げてくれ」

身体に力が入らない。目も霞《かす》んできて、すぐ傍にいるクロウの顔すらもはっきりとは見えなくなってきた。このままではクロウは確実に処刑されてしまう。

「はや、く……」

声を出すのもやっとだ。そんなバラウルの手を、ぎゅっとクロウが握った。

「……バラウル様。僕が聞ける命令は、ひとつだけです」

決意に満ちた声とともに、ぽたりと熱いものが指先に落ちてきた。

「僕に、命令してください。……──〈俺を癒せ〉と」

その言葉に、バラウルは閉じようとしていた目をもう一度大きく開いた。

胸の奥から、今までにない大きな何かが、バラウルを突き動かそうとしている。

──クロウが本当に望むこと。それを叶《かな》えてやりたい。哀しむ顔ではなく、笑っている顔が見たい。ほかのだれかに託すのではなく、俺が、俺自身が、彼とのこれからを生きていきたい。

　これは支配欲などではない。――紛れもなく、愛だ。

「邪竜と悪魔め！　あいつらを逃がすな！」

　複数の足音が、近づいてくる。

「バラウル様。お願い……っ、僕に命令して！」

　残った力で、バラウルはクロウの手を握り返した。……そして、ありったけの愛を込めて、言う。

「……クロウ、〈おまえのその力で、俺を癒せ〉」

　バラウルが命令すると、クロウは目に涙を湛えたまま、「はい」と力強く頷いてみせた。祈るようにバラウルと繋いだ手を額に当て、一度目を閉じる。

　クロウが深呼吸をして、まぶたを開いた。

　その瞬間、クロウの黒かったはずの瞳が黄金に輝き、尋常ではない量の魔力が、溢れ出す。目の輝き同様、金色の温かな光たちがチカチカと瞬いて、クロウを中心にアクラキャビクの街全体を包んでいく。

「なんだ、これは……」

「あったかい……、やさしい光だわ」

　あちこちから驚きの声が上がる。

バラウルの傷ついた身体を、その光が覆う。するとたちまち、嘘のように全身から痛みが引いていった。貫かれた左目もいつの間にか復元していて、手巾を取ればはっきりとクロウの顔が見えた。脇腹の傷も、手足の傷も、跡形もなく消え失せている。

「奇跡だ」とだれかがつぶやくのが聞こえた。

周囲を見渡せば、そこにいるみなが立ち止まり、光の粒に手をかざしていた。その中には、バラウルが顔に火傷を負わせた兵士もいた。だが、彼の火傷の痕も、きれいさっぱりなくなっていた。怪我を負ったほかの者たちも、同様に傷が癒えているらしい。

「悪魔なんかじゃない。あの少年は、聖人様だ……」

ひとりが言うと、伝播するようにみなが叫び出す。

「神竜様と聖人様だ！」

「そんな方たちに、俺はなんてことを……っ」

バラウルたちを捕らえんと囲っていた兵士たちは、慌てた様子で武器を収め、跪いて首を垂れた。

やがて、クロウが放っていた光が弱まり、消えた。それと同時に、力を使い切ったのか、クロウはくたりとバラウルの胸へと倒れ込んだ。

「……っ、クロウ!!」

抱き留めて頬を叩けば、大丈夫だと微笑んで、ゆっくりと身体を起こす。命に別状はなさそうだが、かなり消耗しているようだ。

「無理はするな。……それと、助けてくれてありがとう」

バラウルが礼を言うと、クロウは黒に戻った瞳でじっとバラウルを見つめ、左目が元どおりになっているのを確かめてから、幼子のようにわんわんと声を上げて泣きはじめた。

「よかった、よかったぁ……」

「心配をかけた」

「僕こそ、バラウル様に心配をかけてしまって……。助けに来てくれてありがとうございます……っ」

ふたりとも、助かったのだ。クロウを抱きしめ、バラウルは腕の中の温かな命を実感して、目頭が熱くなるのを感じた。

「……帰ろう。俺たちの家へ」

「はい」

クロウのこの治癒魔法は、バラウルの想像を遥かに超える強大な神聖力だった。邪悪な者が使える代物ではない。人々には、バラウルたちが邪竜や悪魔ではないことを証明してみせた。これでもう、だれもふたりを罪人と呼ぶものはいないだろう。こちらに武器を向けたことも、咎めるつもりはない。

気づけば空も晴れていて、綺麗な夕焼けが顔を覗かせていた。

みなが頭を下げる中、バラウルは竜の姿になり、クロウを背に乗せようとした。だが少し離れたところから、こちらに駆け寄ってくる銀色の髪が見えて、クロウが動きを止めた。銀髪に、青い瞳。ガルズ村の人間だろう。バラウルが警戒するように低く唸ると、クロウがそれを宥《なだ》めた。

「あの人は、唯一僕に親切にしてくれた人です」

そう言われてしまえば、止めようがない。バラウルは身を引いて、静かにふたりを見守ることにした。

「……お久しぶりです。食料品のお店の方ですよね」

「覚えていてくれたのか」

「最後に見送りにも来てくれました」

にこりとクロウが微笑むと、男は一瞬はっとした表情になり、それからくしゃりと顔を歪め、静かに泣き出した。おろおろするクロウに、彼は言う。

「生きていてよかった……。おまえは、俺の兄であるレイヴンの大事な息子だから……」

「え……？」

「俺は、おまえの叔父《おじ》だ。それなのに、今まで何もしてやれなくて、本当に悪かった。あのとき、村長に歯向かってでも止めればよかったと、何度後悔したことか。……いや、そうじゃないな。おまえが生まれたときから、おまえを無視するべきじゃなかったんだ」

それを聞いて、バラウルは顔をしかめた。

クロウは、生まれてからずっと村で迫害されていたという。親族であるはずのこの男にまで、そんな扱いを受けていたとは。親切にしてくれたとクロウは言うが、バラウルにはとてもそうは思えない。

「……そう、だったんですか。父の……」

言うべき言葉に迷って、クロウの視線が地面を泳いだ。それはそうだろう。顔を知っている仲なのに、自分の叔父だと知らなかったなど、あまりにクロウが不憫《ふびん》だ。

「今度こそ、俺はおまえを守ると誓おう。俺からみんなにも説明する。それに、その聖なる力があれば、だれもおまえを忌み子だとは呼ばなくなる。……だから、村に戻ってこないか、クロウ」

「はっ、厚顔無恥も過ぎると滑稽だな」

耐えられなくなり、バラウルは口を挟んだ。

「俺にはおまえがクロウの力を目の当たりにして態度を変えたようにしか見えないがな。何もしてやれなくて悪かっただと？　おまえはクロウがどんな思いで今まで生きてきたと思う？　それを軽い謝罪だけで――……」

「大丈夫です、バラウル様」

バラウルの言葉を遮って、クロウが言った。どうして止めるのだと窺い見れば、クロウは先程までの迷いを捨てたのか落ち着いた表情で、それどころか薄っすらと笑みを湛えていた。

「叔父さん。心配してくれて、ありがとうございます。僕があの村でなんとか生活できていたのは、叔父さんが僕にも食料を売ってくれていたからです。それがなければ、僕は村を出るまでに死んでいたでしょう。だから、感謝しています」

「だったら……」

戻ってこい、と男が言うまえに、クロウははっきりと首を横に振った。

「僕の居場所は、バラウル様の隣です。あの村に帰るつもりはありません」

力強い視線に、男が口を閉じた。そしてしばらく何を言うべきか悩んだあと、ひとつだけ訊いた。

「クロウ、おまえは今、幸せか?」

その問いに、クロウは即座に頷いた。

「はい」

それを聞いて、男はそれ以上言うべきことはない、と唇を引き結んだ。許しを乞うこともしなかった。それがせめてもの誠意だとわかったのだろう。

「さようなら」とクロウが手を振ると、男も黙って手を振った。

「帰るか」

「そうですね。お腹も空《す》きましたし」

背中にクロウを乗せ、バラウルは空へと羽ばたく。

アクラキャビクの街を見下ろすと、多くの者がこちらに向かって祈りを捧げていた。怪我をして動けなくなっていたあの子どもも、すっかり治ってぴょんぴょんと跳ねている。脚を傷つけた魔法使いの女も、しっかりと両脚で立っていた。

そして視界の端に、狐目の男が映った。兵士たちに引っ立てられ、牢獄のほうへと連れていかれているようだ。人を陥れようとした代償は重い。きっと過酷な罰が課されるだろう。

自業自得だ、とバラウルは鼻で嗤《わら》った。本当はこの手で八つ裂きにしてやりたい。だが、それをしたらクロウが哀しむ。だから、やらない。バラウルはもう二度と、クロウを哀しませるようなことはしたくはない。

「寒くはないか」

冬の匂いのする冷たい風に凍えていないかと心配していると、クロウは珍しく素直に、「ちょっと寒いかも」と甘えた声を出した。ゆっくり飛んでもそのぶん長く外にいることになるし、速く飛んでも肌を切る風はさらに冷たくなってしまう。どうしようかと悩んだ末、バラウルは竜の姿から人間の姿へと形を変えることにした。

「わっ」

空中に放り出され、驚きの声を上げるクロウを両腕でキャッチして、寒くないようにとぎゅうぎゅうと抱きしめる。

そしてクロウを抱き込んだまま、山頂へと急いで戻った。小屋に入るとすぐに部屋を暖め、湯を沸かす。ふたりとも傷はないものの、無茶をしたせいで汚れ切っている。

どちらからともなく啄《ついば》むような口づけが始まり、服を脱がせ合うと、熱い湯の中へ身体を沈めた。クロウの全身をまさぐり、今ここにいる幸せを確かめる。

「クロウ、無事でよかった」

「ん……、バラウル、様……」

もっと深く、クロウの生を確かめたい。境界を曖昧《あいまい》にしていく。クロウもそう思っているらしく、瞳がバラウルを求めるように濡れていた。

口づけが深くなる。舌を絡め合い、

「ん、は……、ンンッ」

気持ちよさそうに、クロウが溶けていく。ちゃぷん、と湯の跳ねる音がして、気づけばずるずると湯船にクロウが沈むところだった。このままでは溺死《できし》してしまう。バラウルはクロウを抱き上げると、全身をタオルで覆い、小屋の中へと運んでいった。

ベッドに生まれたままの姿で横たわるクロウに、興奮が募っていく。脛《すね》を合わせ、もじもじと恥じらっているが、大事なところが隠されている。秘部を見たい。そう思い、すべ

てを晒せと命令しそうになり、バラウルは開きかけた口を閉じた。

　クロウは番の本能について、まだ受け入れられていないようだった。そのせいで今朝、ひとりになりたいとここを出ていったのだ。それなのに、果たして命令してもいいものか。それよりも普通の恋人のように、命令なしで行為に至るべきか。

　バラウルがぐるぐると悩んでいると、クロウの手がすっと頬に伸びてくる。

「命令、してもいいですよ」

「え……？」

「僕、番の本能とか、まだよくわかっていないところもあるんですけど、悪いものじゃないって、思ったんです。さっきの、バラウル様を助けるために使った治癒魔法も、多分番の本能のおかげで強くなったんだと思います。それに……」

　そこで言葉を区切って、クロウは唇を舐めた。煽情的《せんじょうてき》な仕草に、バラウルの喉が鳴る。

「命令してもらうと、心がふわってするんです。嬉しい、もっと、もっと……って。ほかの人にはこうはならない。それって、バラウル様と僕だけの特別な繋がりでしょう？　だから、もうごちゃごちゃ考えないって、決めました」

「クロウ……」

　まっすぐに、バラウルを見つめる視線は、揺るがない。

　ここに来たときは、おどおどと常に何かに怯《おび》えているような気弱な少年だったのに。いつの間にこんなにも逞《たくま》しく、いい男になったのだろう。そうさせたのが自分なら、心から嬉しい。

「バラウル様、僕はあなたを愛しています。家族として、番として、生涯の伴侶として、僕と一緒に生きてください。これが、僕の返事です」

「……っ」

思わず、抱きしめていた。ひとつになりたい。このままずっと離れたくない。愛しさが胸に湧いて、どうしようもなく苦しくなった。この苦しさを解放するには、支配欲を満たさなくては。

バラウルも、もう迷わない。

「……クロウ、〈脚を開いてすべてを見せろ〉」

バラウルがそう命じた途端、クロウの瞳に情欲の色が滲んだ。

「はい」

素直に頷いて、クロウは脚を広げる。その中心では、桃色の雄芯が天を向いていた。バラウルがそこに触れると、とろとろと透明な蜜が流れ出てくる。

「あっ、んん、バラウル様……」

期待するように見つめられ、嗜虐《しぎゃく》心がくすぐられる。クロウが困るような、もっと難しい命令を出したくなる。

バラウルは少し考えて、自分もベッドに仰向けになると、クロウに新たな命令を出すことにした。

「〈俺の上に跨《また》がって、尻をこちらに向けろ〉」

「バラウル様の上に……？」

不敬だなんだと思っているらしいが、気にしているのはクロウだけで、立場など出逢《であ》ったときからとうに平等だ。

「いいから〈早く乗れ〉」

「は、はい……、失礼します」

頷いて、おずおずとクロウがバラウルの上に乗った。顔の前で、ピクピクとクロウの硬くなった竿が揺れる。脚を広げているせいで、尻の穴も丸見えだ。昨日繋がったばかりのそこは、しかしまた処女のように固く閉じている。

ふと不思議に思ってクロウの身体を観察すると、つけておいた噛み痕や口吸いの痕がなくなっている。どうやら先程の治癒魔法で、クロウの身体についた傷もすっかり治ってしまったらしい。傷がないのは喜ばしいが、自分のつけた痕までなくなっているのは、少しばかり寂しい。

「あの、バラウル様……？」

黙ってしまったバラウルに、クロウの不安そうな声が届いた。

消えてしまったのなら、またつければいい。それに、今回は気持ちが通じ合ってからの、初夜だ。仕切り直しと思えばそれはそれで堪らなくなる。

「ああ、すまない。おまえのここがあまりにいやらしくて」

「……、そんな」

言葉で責めると、クロウの芯がますます硬くなり、朝露のように先走りがバラウルの胸元に落ちてきた。悦んでいるようで何よりだ。ふっと笑ってから、バラウルは続ける。

「〈おまえの目のまえにあるそれを舐めろ〉」

「……っ、はい」

初めての命令だったが、大きな音で喉を鳴らしてから、クロウが首肯した。クロウの目のまえには、バラウルの昂りがある。クロウ同様、バラウルのそれも硬く反り返っていて、先程からクロウの吐息が当たっていた。

命令どおり、クロウの小さな舌が、ぺろりとバラウルの先端を舐めた。しかし、どうやっていいのかわからない様子で、ただぺろぺろと飴《あめ》を舐めるような舌遣いが繰り返される。くすぐられているようで、これではもどかしさだけが募っていく。

「クロウ、こうするんだ」

見本を見せようと、バラウルも目のまえにあるクロウの竿を握り、先端を口に含んだ。

「あ……ッ」

粘膜に包まれ、クロウが気持ちよさそうな声を上げた。バラウルは指で幹を擦りながら、舌先でくびれや鈴口を転がすように刺激する。

「うっ、ンン、はっ、やだ……、出て、しまいます……っ」

初めてのことで驚いたのか、がくがくと膝が震えている。クロウの言うとおり、確かにもう射精寸前らしい。バラウルは雄芯に触れるのをやめ、代わりにその奥、後孔に手を伸ばした。

「ひぁ……っ」

先走りに濡れた指先を、固い蕾《つぼみ》に沈めていく。

「あっ、ああ……っ」

傷は治っても、そこの受け入れ方は覚えているらしい。上手にいきんでバラウルの指を呑み込んでいく。

「クロウは物覚えがいいな。……ほら、〈さっき俺がやったように舐めてみろ〉」

「ん……、はい」

快楽に震えながらも、クロウは見本どおりにバラウルの昂りを口に含んだ。

「う……っ、いいぞ」

きっとどこが気持ちよかったのか、思い出しながら舐めているのだろう。唾液を絡め、亀頭を丹念にしゃぶり、指は太い幹の裏を丁寧に擦った。先程までの児戯のような舌遣いが嘘のように、クロウはバラウルに的確に快楽を与えていく。

それと同時に、クロウの後孔もだんだんと解けていった。バラウルの指をうまそうに締めつけ、縁は柔軟に広がりつつある。二本目を挿し入れると、難なく呑み込んで、さらに先を求めるようにゆらゆらと腰が揺れている。

このままでは、バラウルのほうが先に暴発してしまいそうだ。

「……もういい」

バラウルは制止すると、クロウをこちらに向き直させた。

「あ……」

名残惜しそうに口を離したクロウの瞳は、すっかり蕩けて快楽に染まっている。その顔を見て、バラウルの欲望がさらに大きくなった。

「もうそろそろ挿れられるな？」

そう訊くと、クロウはこくんと頷いた。乳首も興奮に充血して尖っており、その存在感を浮き彫りにしている。

「〈自分で乳首を摘まんでみろ〉」

「ン……っ」

命令されるがまま、クロウが自ら乳首に触れた。硬くなった先端をコリコリと指先で虐め、強く摘まんでは爪で弾く。

「あっ、ふぁ……、ああ……っ」

気持ちよさそうに目を細め、口の端からだらしなく涎を垂らす。快楽に溺《おぼ》れたその表情に、バラウルも逸る気持ちを抑えられなくなる。

「クロウ、これがほしいか？」

息を荒らげながら、バラウルは自身の剛直を扱いてみせた。それを見下ろし、クロウの身体が切なそうに戦慄《わなな》いた。返事を聞くまでもない。

「〈そのまま身体を下ろして、自分で挿れろ〉」

「あ……っ、は、い……」

頷いて、クロウはバラウルの幹に手を添えると、先端をぐっと後孔に押し当てた。

「ん、ふ……っ、ああ……」

やわらかく解れたそこは、ひくひくと蠢いて、バラウルを上手に呑み込んでいく。亀頭が挿ってしまえば、あとは自重でぐぷぐぷと沈むように奥へ奥へと進んでいった。

「あっああ、ひっ、おっきい……ぃ、あっんん……ッ」

苦しそうな声で、クロウが喘いだ。だが、その顔には恍惚が浮かんでいて、バラウルのすべてを呑み込み終わると、クロウの鈴口からぴゅるぴゅると白濁が噴き出した。

「あ、ごめんなさい……っ。勝手にイッて……」

「いい、いい。それほど俺のモノが気持ちよかったんだろう？」

「ん……ッ」

「だが、まだ付き合ってもらうからな」

収めただけでは、物足りない。もっと奥を抉り、子種を最奥に注ぎ尽くすまでは。

バラウルはクロウの腰を掴むと、まだ射精の余韻に震えるクロウを、舌から容赦なく突き上げた。

「──ああ……っ!!」

悲鳴を上げ、クロウが身体を反らした。後ろに倒れそうになったところで、クロウの両手を手綱のように引き、さらに強く突き上げていく。

「アッ、ああ、バラウル様……っ、激し……っ、あああ……ッ！」

腰を揺するたび、クロウの先端から残滓がとろとろと溢れ出て、バラウルの腹の上に散っていく。

内壁がうねり、温かく、そしてきつく、バラウルを締めつける。

「……ッ、いいぞ、クロウ。おまえのここは俺のために誂《あつら》えたかのようだ」

それほどまでぴったりと隙間なく吸いついて、子種をほしがるように蠕動する。

「ああ……、もうすぐ出そうだ。おまえはどうしてほしい？」

パンパンと肉同士がぶつかり、いやらしい水音が鳴る中、バラウルは訊いた。

「俺の子種はどこに出せばいい？　〈答えろ〉」

命令と同時に、クロウの締めつけがさらにきつくなる。

「……、僕の、中に、……っ、注いでください。一滴残らず、バラウル様の子種を、僕の中に出して……っ」

「〈よく言った〉」

にっと微笑み、バラウルはがばりと身体を起こすと、体勢を変え、クロウの背中をベッドへと縫い留めた。そのまま唇を奪い、呼吸を奪いながら、激しく腰を動かす。

「ああっ、だめ、イく、イく……っ」

身悶えるクロウを押さえつけ、欲望のままにゴンゴンと切っ先で最奥を叩く。

「く……っ」

腹がぐっと引き攣《つ》れる感覚がして、バラウルはクロウをぎゅっと強く抱きしめた。そしてびくびくと身体を震わせ、クロウの中に白濁を放つ。その刺激に、クロウもまた身体を反らせながら、ふたりのあいだにびゅるびゅると精を吐き出した。

はあはあと喘鳴《ぜんめい》が静かな部屋に響く。射精したことで欲望は満たされたが、あられもないクロウの姿を反芻すると、バラウルの芯は再び頭をもたげた。支配欲とは違う何かが、まだまだクロウを求めている。

「クロウ、もう一度、いいか？」

バラウルが訊けば、返事の代わりに繋がったままの後孔がきゅん、と疼いた。

「愛している、クロウ」

「僕もです、バラウル様。もっと、たくさん愛して……」

口づけとともに、律動を再開する。

ふたりの夜は、まだまだ長くなるだろう。

Epilogue

イオナド山の中腹には、どんな怪我も治してくれる聖人が現れるらしい。その人はイオナドの神竜に仕えており、普段はふたり仲睦《なかむつ》まじく山頂で暮らしているという。

聖人が現れてからアレスの地はますます天候に恵まれ、周辺の村や街は驚くほどに栄えていった。

だが、時折山頂から雷鳴が轟き、激しい雨が降るときもあった。

噂によれば、それは神竜と聖人の些細な喧嘩《けんか》が原因だという。

「ああ、今日もまた雷だ。あれはきっと神竜様が拗《す》ねているに違いない」

「雨に備えておかないとな。きっと土砂降りになるだろうから」

大人から子どもまで、笑って傘を開きはじめる。雨が降るのにみんな笑っているのは、その雨が長く続かないのを知っているからだ。

「神竜様と聖人様が喧嘩をしても、どうせ半刻もせずに仲直りの虹が架かるんだから」

「まったく、どうして勝手に食べちゃったんですか！　楽しみに取っておいたのに！」

「そんなに怒るな。また買ってくれればいいだろう」

テーブルに座るバラウルのまえには、空になったケーキの皿が置いてある。それは風呂のあとに食べようとクロウが取っておいたもので、ちゃんとバラウルの分もと、ふた切れ買ってあったのだ。

それなのに、まさか両方食べるなんて。

「そういう問題じゃないんです。ケーキがあるのを楽しみにして食事の量も調整してたのに……。バラウル様の馬鹿！」

本当は食べなくても生きていけるのだが、バラウルはすっかり人間の料理の虜《とりこ》だ。こうして盗み食いするくらいには。

「すまなかった。……それほどまでにおまえが食い意地を見せるとは思いもしていなかった」

「食い意地？」

とても謝っているようには聞こえず、クロウはむっと顔をしかめた。くだらないことで怒っているのは自分でもわかっている。

けれど、あの日、バラウルの番になったときから、彼に遠慮するのはやめた。こうして思ったことを口にするほうが、バラウルも喜ぶからだ。それでたまに喧嘩をすることもあるが、嫌いになったりすることは絶対にあり得ないとお互いにわかっている。

その安心感もあって、昔より随分とクロウの性格は図太くなった。

「言葉のあやだ。そんなに言うなら今から街へ行って買ってくるが」

窓の外で、稲光が見えた。バラウルの気分が落ちると、いつもこうだ。雷が鳴って、雨が降る。すぐに天候に現れるあたり、意外と子どもっぽくて、それが少しおかしい。

「もう店も閉まってますよ」

本当は怒りなんて稲光を見た時点でとっくに収まっているのに、ぷいっと頬を膨らませてクロウが顔を反らすと、バラウルは困ったように肩をすくめ、家を出ていった。

本当に買いに行ったのかと慌ててあとを追いかけると、家の隣の鶏小屋からのそりとバラウルが出てきた。その手には卵が握られている。雨がぽつりぽつりと地面を濡らし、瞬く間に土砂降りになる。

「……これでプリンを作るから、それで許してくれないだろうか」

赤い目が、反省していると言わんばかりにパチパチと何度も瞬かれる。しょうがないな、とクロウはゆるゆると首を振り、バラウルの手を取った。

「失敗しないように、僕も一緒に作ります」

クロウが笑って言うのと同時に、ぴたりと雨が止む。本当にわかりやすい。

「仲直りのキスは？」

バラウルがクロウの顔を覗き込み、首元に触れる。そこには、百年ほどまえから、薄っすらと黒い鱗が生えはじめている。

「命令してください」

クロウが言うと、バラウルは目尻を下げて、やさしく笑って言った。

「〈キスしろ〉、クロウ」

命令どおり、クロウは爪先《つまさき》を立てて背伸びをすると、バラウルにキスをした。

胸を満たす幸せに、ふたりはぴたりとくっついて、仲睦まじく家の中に入っていく――。

イオナドの神竜たち

「クロウ、これ、どうしたんだ？」

バラウルとクロウが正式に番《つがい》になってから三年ほどしたある夜。

いつものようにふたりで風呂《ふろ》に入って月見酒をしていると、クロウの首にきらりと光るものが見えて、バラウルはぐいっとクロウを引き寄せ、確かめるようにそこに触れた。

「ちょ、いきなりなんですか」

クロウはくすぐったそうに身をよじり、バラウルの手から逃げようとする。

「いや、おまえの首に何かがついているようで……」

「僕の首に？」

指摘されたクロウは、訝《いぶか》しみながらも手を首に遣《や》った。すると、「ん？」と不可解そうな顔をして、ガリガリとそこを引っ掻《か》きはじめた。

「たしかに何かついてる、かも……」

「〈見せてみろ〉」

「……っ、はい」

知らず知らず命令口調になってしまい、クロウの目に情欲が覗《のぞ》く。それを見たバラウルもうっかり下心が湧《わ》きあがりそうになるが、それよりも異物を確かめるほうが先だ。

月明かりだけでは薄暗く、バラウルは炎の玉をひとつ点《つ》けると、後ろを向いたクロウを観察する。桜の花びらほどの大きさの何かが、ちょうど頸椎《けいつい》の上にくっついていて、触れてみるとつるつるしている。少し引っ掻いてみるが、剝《は》がれそうもない。

――この感触、覚えがある気が……。

しばし考えて、バラウルははっとした。

「これは……鱗《うろこ》?」

「鱗、ですか?」

どうりで見たことがあるはずだ。自分に生えているものなのだから。

しかしそれがなぜクロウにくっついているのだろう。

「ああ。だが黒色だし、俺の鱗が剝がれ落ちたわけでもなさそうだ。むしろこれは……」

どう見ても、クロウの内部から生え出しているようにしか思えない。

「いや、だがどうしてクロウに鱗なんて……」

バラウルがひとりぶつぶつつぶやいていると、クロウが振り返った。

「もしかして、神竜様のご加護、ですかね?」

「加護? そんな伝承があるのか?」

クロウの生まれ育ったガルズ村には、神竜についての伝承がある。天気の乱れが続いたら神竜が怒っているから生贄《いけにえ》を捧げろ、という頼んでもいないものだったが。それと似たようなものが他にもあるのだろうか。

「……いえ。僕の単なる思いつきですけど。でもバラウル様とお揃《そろ》いなんて、きっといいものに決まってますよ」

「だといいんだが」

クロウが言うには、痛みも違和感もまったくないらしい。クロウの癒《いや》しの力で鱗を除去できないかと試してみたが、それも無意味だった。神竜と同じ鱗なら問題はなさそうだが、どうしてそんなものが急に生えはじめたのか、バラウルには見当もつかなかった。

そして、年月は流れ、十年ほどが経ったあと。

クロウの黒色の鱗は首以外にも現れ、今では二の腕や背中でも宝石のように艶々《つやつや》と輝いている。本人はバラウルに似てきたと喜んでいたが、その謎《なぞ》は解けないままだ。

それに加え、不可解な点がもうひとつ。

――明らかに、クロウの成長が遅い。

成長というよりは老化といったほうが正しいかもしれないが、三十歳も過ぎているのにクロウは未《いま》だに十代のような容貌《ようぼう》のままだった。それに気づいた段階で、バラウルにはとある仮説が浮かんでいた。それと同時に、ファヴニルの懐かしい声も頭の中に響く。

『人間が番というのが不満か？』

それはまだ、バラウルが人間に興味を持っていないときの話だ。自分の番が竜ではなく人間かもしれないと聞かされて、バラウルは不機嫌になった。

『当たりまえだ。寿命が違いすぎる。人間は一瞬で死ぬ。番にはなり得ない』

神竜は人間の寿命の五倍以上はあるのに、番になったとて、百年足らずでそれを失うのなら、なんの助けにもならない。そう口にするバラウルを、ファヴニルが笑う。

『番に選ばれた人間は、その愛が深ければ深いほど、神竜に寄り添ってくれるものだそうだよ。番のいない私にはわからないが、いつかバラウルにはわかる日が来るのかもしれないね。その日が来るのを、心から祈っているよ』

去りゆく竜の戯言《たわごと》だと思っていた。だが、ファヴニルの言うことが本当だったとしたら、バラウルに番として選ばれたクロウは、その愛ゆえに我々と同じになっていくのかもしれない。

つまりは、クロウも神竜になっていくということ。バラウルと同じ寿命を持てるかもしれないということだ。

それからさらに十年、二十年と経ち、バラウルの予感は確信へと変わった。

人間たちの生命が循環していく中で、クロウだけはいつまでも出会った頃のままだった。

ただ、バラウルと同じ鱗が生えたことを除いては。

「僕、ずっと不安だったんです。バラウル様を残して先立つのが。でも、神様がきっと僕たちを祝福してくださったのですね」

「ああ。そうかもしれない」

支配欲という厄介なものを与えた気まぐれな神には、ずっと懐疑心を抱いていた。だが、クロウと出会わせてくれたおかげでバラウルは愛を知った。さらにはクロウに自分と同じ時を歩めるようにしてくれたことには、感謝してもいい。

『……愛を知ったのだね、バラウル』

ふいに、やさしい声が鼓膜を震わせた。

「……約束は守ったぞ」

ふっとバラウルがつぶやくと、その声にクロウが首を傾けた。唇にキスを落とし、バラウルは愛《いと》おしげに目を細める。

「久しぶりに昔話がしたい気分だ」

「バラウル様の昔話？　それは聞いてみたいです！」

……まずはどこから話そうか。

バラウルは愛しい番をぎゅっと抱きしめ、穏やかな顔で話し出す――。

あとがき

はじめましての方ははじめまして、お久しぶりな方はお久しぶりです、寺崎昴です。このたびは拙作をお手に取っていただきありがとうございます。

今回初めてDom/Subファンタジーというジャンルで書かせていただきましたが、普通のDom/Subモノとは違って、その概念が広く世間に浸透していない、というか特殊な番でしか現われない設定にしてみました。

オメガバースにしろDom/Subにしろ、作者が自由に設定を付け加えられるのが醍醐味《だいごみ》だと思っているので、思い切った世界観にしたのですが……、いかがだったでしょうか。

さて、今回のテーマはタイトルにもあるとおり『孤独と癒し』でした。

メインのふたりともがそれぞれに違った孤独を抱えていて、お互いに出会うことでそれを癒し、愛とは何なのかを知って成長していく。クロウは特に自己肯定感超絶低めのキャラだったのですが（すぐ頭が痛くなってしょげちゃって、私も自分と重ねて何度イライラしたことか……笑）、バラウルのおかげで自分を肯定することを覚えて、ものすごく成長したと思います。そんな彼らを末永く応援していただけたら幸いです。

そして、イラストを担当してくださったヤスヒロ先生におかれましては、キャラたちをものすごく美しく、生き生きと描いていただき本当に感謝しております！　ラフの段階で美しすぎて転げ回っていたのですが、完成形を見たときは鼻血が出そうなほどでした！　歓喜!!　世界観を見事に表現してくださって、本当にありがとうございます。衣装も想像以上にかっこよくて惚れ惚れしております。

最後に、出版の機会を与えてくださった編集部様（担当F様）、この本に関わってくださったすべての方々、まだまだ大変な世情の中尽力していただき、ありがとうございました。

そして支えてくれた家族には特別の感謝を。

読んでくださったあなたには最大級の感謝と尊敬と祝福を。

お手紙などで感想をいただけると光栄です。ではまたどこかで。

寺崎　昴

本作品は書き下ろしです。

ラルーナ文庫

この本を読んでのご意見・ご感想・ファンレターなどお待ちしております。〒111−0036 東京都台東区松が谷1−4−6−303 株式会社シーラボ「ラルーナ文庫編集部」気付でお送りください。

孤独《こどく》な神竜《しんりゅう》は黒《くろ》の癒《いや》し手《て》を番《つがい》に迎《むか》える

2022年12月7日 第1刷発行

著 者｜寺崎 昴《てらさき すばる》

装丁・DTP｜萩原 七唱

発 行 人｜曺 仁警

発 行 所｜株式会社 シーラボ
〒111-0036 東京都台東区松が谷 1-4-6-303
電話 03-5830-3474／FAX 03-5830-3574
http://lalunabunko.com

発 売 元｜株式会社 三交社（共同出版社・流通責任出版社）
〒110-0016 東京都台東区台東 4-20-9 大仙柴田ビル2階
電話 03-5826-4424／FAX 03-5826-4425

印刷・製本｜中央精版印刷株式会社

※本書の全部または一部を無断で複写することは著作権法上での例外を除き、禁じられています。
乱丁・落丁本は小社宛てにお送りください。送料小社負担にてお取替えいたします。
※定価はカバーに表示してあります。

© Subaru Terasaki 2022, Printed in Japan ISBN978-4-8155-3276-5

LaLuna

毎月20日発売！ ラルーナ文庫 絶賛発売中！

異世界で獣の王とお試し婚

真宮藍璃 | イラスト：小山田あみ

人間と獣の血を引く獣人たちが住む異世界。
黒豹の王とお試し婚をすることになって…。

定価：本体720円＋税

三交社